때가 되면 너의 정원에
꽃이 필 거야

때가 되면 너의 정원에 꽃이 필 거야

유어셀린
윤수빈
지음

필름

자기만의 작은 정원을 일구기 위해
땅을 다진 뒤,
씨앗을 심고 흙을 덮고 물을 줍니다.
그러곤 씨앗의 싹이 나기를 기다리며
정성껏 돌봅니다.

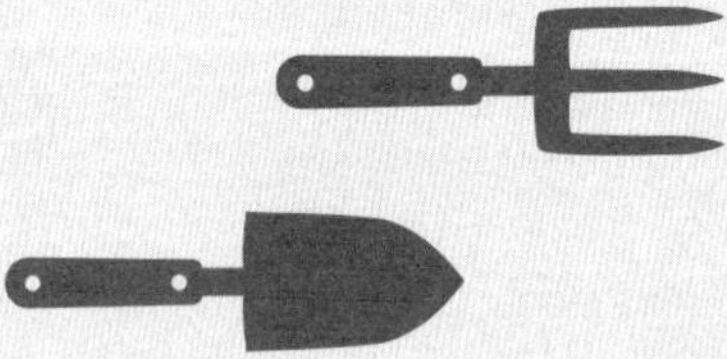

하지만 누군가가 심은 씨앗은
싹이 나고 자라 꽃을 피우고,
누군가가 심은 씨앗은
오래도록 자라지 않기도 합니다.

비옥한 흙으로 이루어진 정원이라면,
그 어떤 씨앗도 문제없을 테지만,
거칠고 메마른 땅이라면,
그 어떤 씨앗도 문제가 될 테지요.

당신의 정원은 어떠한가요?

당신의 정원을 단단하고 윤기있게 일구어
원하는 씨앗을 심어보세요.

때가 되면,
당신이 간절히 품고 있는 그 씨앗이
당신의 정원 가득 멋지게 피어날 테니까요.

프롤로그

우리는 각자의 정원을 가꾸며 살아가고 있습니다. 그리고 모두 초보의 태도로 시작합니다. 정원을 가꾸기 위해서 필요한 것은 흙과 물뿐만이 아닙니다. 주어진 정원의 넓이 안에서 어떤 농작물을 심을 것인지 신중하게 고민하고 선택합니다. 그 종류에 맞는 농기구도 마련해야 합니다. 꾸준히 물을 주고, 새싹이 자랄 때까지 기다려야 합니다. 이것은 크게 어렵지 않습니다. 정원을 가꾸는 정원사의 운명이라면 움직이는 것이야 당연하기 때문이죠.

문제는, 서로의 정원이 너무 잘 보이는 사회에 살고 있는 것입니다. 누군가의 정원에는 잡초가 무성하지만, 또 다른 누군가의 정원은 시작부터 과수원인 듯 보입니다. 옆 정원에는 꽃이 무성하게 피었는데 왜 나의 정원은 척박하기만 한지 원망스러운 마음이 들기도 합니다. 하지만 오랜 기간 잘 가꾼 나무라고 할지라도, 한순간에 벼락을 맞을 수도 있습니다. 아무도 눈치채지 못하지만, 꽃이나 열매가 오랫동안 보이지 않아서 뽑아버리고 싶은 마음이 들 수도 있습니다. 빈 정원을 보고 "멋지다"고 이야기하는 사람은 없습니다. 시간과 결과가 쌓였을 때 비로소 세상의 눈에 들어오는 것이죠. 빠르게 인정받고 싶은 정원사일수록 매일 비슷한 나무를 볼 때마다 조급한 마음이 들 수밖에요. 그만큼 정원을 가꾸는 일은 오랜 인내심과 운이 필요합니다.

우리는 행복한 정원사가 되기 위해, 자연을 닮을 필요가 있습니다. 자연은 눈치 보지 않습니다. 묵묵히 자신의 세포에 생명을 불어넣을 뿐입니다. 꽃들은 서로의 피어남을 질투하지 않습니다. 여름에 피는 능소화가 봄에 피는 개나리를 부러워하지 않는 것처럼요. 봄에 피는 꽃이라고 해서 차가운 겨울 동안 죽어있는 것이 아닙니다. 얼음처럼 언 땅 아래에서 버티며, 봄이 오길 기다렸습니다. 그렇게 겨울은 지나가고 결국 자기만의 때는 옵니다.

이 책은 제가 꽃이 피길 기다리며 묵묵히 버티는 마음으로 적은 글입니다. 잡초만 무성하게 느껴지던 때, 밭을 갈고 씨를 뿌리는 마음으로 글을 썼습니다. 그리고 이내 『때가 되면 너의 정원에 꽃이 필 거야』라는 한 송이의 꽃을 피웠습니다. 제가 가꾸는 정원에는 또 다른 씨앗들이 숨 쉬고 있습니다. 그렇게 내일 당장 꽃을 보겠다는 기대를 하지 않고, 오늘도 물을 주려 합니다.

당신의 정원에는 어떤 꽃이 필까요?

멋진 씨앗을 품고 있는 행복한 정원사들을 위해, 이 책을 선물합니다.

차례

2장

3장

1장

시시한 이야기를 할 줄 아는 사람이 좋습니다

'어른스러운 대화'란 무엇일까? 우리는 대개 '성숙함'에 대한 로망을 가지고 살아간다. 이미 어른이라 할 만한 나이가 되었음에도, 그것은 지나온 시간의 시선일 뿐, 스스로 진정한 어른이 되었다고 느끼는 인간이 과연 얼마나 될까.

먼저 '어른스러운 대화'에 대한 정의가 필요해 보인다. 나는 '나와 상대방이 있는 그대로 존재하면서도 서로 간에 만들어지는 특유의 조화로움이 느껴지는 대화'라고 생각한다. 여기서 중요한 것은 나와 상대방이 있는 그대로 존재한다는 것이다.

지금도 많은 나이는 아니지만, 더 어린 나이에는 마냥 진지한 대화가 어른스러운 대화라고 생각했다. 부러 재미없는 이야기를 꺼낸다거나, 인생의 모든 일이 무거운 것처럼 말하기도 했다. 혹은 상대방이 나에게 다소 꺼내기 어려운 이야기를 털어놓는다면 불행 배틀인지 보답 심리인지 모를 심오한 대화가 시작되기도 했다. 까르르하고 늘상 기분 좋은 이야기를 하는 건 어른답지 못하다고 생각했는지도 모르겠다.

하지만 이런 대화는 아쉽게도 인상적이지 못하다. 있는 그대로의 감정이 아닐 가능성이 높기 때문이다. 대화라는 것은 한 사람과 한 사람의 생각이 만나는 행위이다. 무언가를 꾸며내기 위해서 대화를 만들어간다면, 결국 피로함을 느낄 수밖에 없다. 언제 만나도 기분 좋은 대화를 나눈 사람들에게는 공통점이 있었다. 나의 감정을 있는 그대로 표현하면서도, 상대방의 감정까지 헤아려서 그 조화를 만들 줄 아는 사람들이라는 것이다. 다시 말해, 말의 분위기를 느낄 줄 아는 사람들이었다.

며칠 전, 내게 7년째 예술적 영감을 주는 언니와 이런 대화를 나누게 되었다. 언니는 현재 고등학교에서 아이들에게 미술을 가르치고 있다. 그녀는 내게 말했다.

"나는 시시한 말을 할 줄 아는 사람이 좋아. 그런 이야기들이 나한테는 너무 소중해. 그런 시시콜콜하고 가벼운 이야기들이 결코 가벼운 생각에서 나오지 않는다는 걸 알거든. 근데 아이들하고 대화할 때 이런 기분을 자주 느낀다?"

"맞아. 나이가 들고 환경이 바뀔수록, 시시한 이야기를 할 공간이 줄어드는 것 같아. 학생 때는 늘 하는 말이 가벼운 말들이었는데 말이지."

"그래서 나는 아이들이랑 진짜 쓸데없는 이야기를 많이 해. 오히려 가벼운 이야기들을 주고받고 나면, 생각도 기분도 환기돼서 더 일에 집중하게 되거든."

가만히 생각해 보면, 시시하고 가벼운 이야기를 한다고 그 사람이 쉬이 보이거나 덜 성숙하게 보이는 건 아니었다. 사실 시시한 이야기들이 주는 편안함 그리고 서로를 알아가는 유쾌한 공간감은 깊은 관계를 만드는 데에 필수적인 요소이다. 다시 말해 성숙한 대화는 주제의 무게가 결정하는 것이 아니라, 주고받는 말 안에 상대방이 들어올 수 있는 공간을 만들어주는 것임을, 상대를 있는 그대로 이해해 주는 마음임을 깨달았다. 그 공간 안에서 만들어지는 적당한 거리감과 또 적당한 무게감. 이것이 내가 생각하는 어른스러운 대화이다.

나를 좋아하지 않는 당신에게

"모든 사람이 나를 좋아할 수는 없다."

당연한 이야기지만, 생각할수록 참 아쉬움이 남는 문장이다. '호감' 혹은 '사랑'을 주고받을 때 서로의 존재가치가 한껏 올라가는 그 느낌을 숨 쉬듯 들이마실 수 있다면 얼마나 행복할까. 하지만 '좋아함'이라는 감정에 집착하는 순간, 우리는 어찌할 수 없는 감정의 딜레마에 매몰되고 만다.

'왜 저 사람은 나만큼 나를 사랑해주지 않는 거

지?'
'왜 저 사람은 호감을 돌려주지 않는 거지?'

상대에게 내 감정의 대가를 요구하는 순간, 순수함은 욕심이나 원망으로 변질된다. 긍정적인 감정일수록 내가 주최자가 되는 것에 집중해야 행복해진다. 즉 '나는 그저 당신으로 인해 행복을 느껴 이러한 감정을 전하고 싶은 것이니, 이 마음을 알아주는 것만으로 그저 감사하다'라는 생각이 건강하다.

무조건적인 사랑을 받을수록, 눈에 보이지 않는 이들에게 이유 없는 관심과 전폭적인 지지를 받을수록, 자신의 위치가 확고해지는 사람들이 있다. 인플루언서들이 그 예인데, 대표적으로는 '아이돌'이 직업인 이들을 들 수 있다. 이들은 멋지고 아름다운 수많은 사람들 사이에서 더욱 빛나야 사랑받을 수 있다. 사랑의 양이 곧 일의 성과처럼 느껴지는 이들에게 '미움받는 일'이란 치명적일 수밖에 없다.

그래서 이들은 큰 상처를 받기도 한다. 의도했던 일이 아니었음에도 악의적인 비호감을 드러내는 사람들로 인해 악플을 받기도 하고, 이유 없는 멸시를 당하기도 한다. 이러한 사례는 TV 프로그램을 통해 종종 듣게 되는데, 그중 기억에 남는 이야기가 있다.

악플에 상처를 받은 한 아이돌이 방송인 최화정에게 고민 상담을 했다고 한다.
"사람들이 왜 저를 싫어할까요? 제가 잘못한 것도 없는데…. 너무 힘들어요."
고민을 들은 그녀는 얼굴에 퍼프를 두드리며 세상의 모든 짐을 짊어진 듯한 표정의 후배에게 이렇게 말했다고 한다.
"어~ 세상에는 너를 이유 없이 싫어하는 사람도

있지만, 너를 이유 없이 좋아하는 사람도 있어. 퉁쳐!" 그 말에 누구도 피식하지 않을 수가 없었다.

이처럼 무거운 고민도 세상 가볍게 만들어주는 재주가 있는 사람들이 있다. 함께 무거움을 짊어지려 하는 사람도 힘을 주지만, 이렇게 제3자가 내 고민을 아무렇지 않은 것처럼 만들어주는 것도 큰 활력소가 된다. 정말로 그 생각을 가볍게 여겨서가 아닌 걸 알아서다. 누구나 한 번쯤 겪을 법한 고민에 대해 이미 깊은 고찰을 지나온 사람이라는 걸 알기 때문에 생각지 못한 부분에서 깨달음과 위로를 얻는 것이다.

다시 그녀의 말로 돌아오자면, 정말 맞는 말이다. 내가 딱히 사랑받고자 한 일이 없었는데 나를 있는 그대로 사랑해주는 사람들이 몇 배는 더 많다. 한 번도 그들을 두고 '나를 왜 좋아하는 거지? 왜?'라는 심각한 생각은 해본 적이 없을 것이다.

원래 인간의 뇌는 긍정보다 부정에 반응하기 때문이다.

고등학교 시절의 나는 이 사실을 받아들이기 참 힘들었다. 나를 이유 없이 미워하는 아이가 신경 쓰였고, 원망스럽기도 했다. 그런 감정을 애써 숨기며 더 잘해주려 애쓰기도 했다. 돌아보면 그만큼 시간 낭비가 없다. 하지만 어린 시절은 '나를 싫어하는 사람'을 받아들이고 싶지 않은 때였다. 하지만 지금의 나는 감정에 집착하지 않는다. 마음이 맞는 사람들은 자연스럽게 오게 되어 있고, 그렇지 않은 사람들은 자연스럽게 멀어지게 되어 있으니까. 영원한 감정 또한 없다는 걸 겸허히 받아들일 수 있게 되었다.

그 사람이 나를 부정적으로 생각하는 이유에 일말의 오해가 있다면 되도록 해결하는 것이 좋다. 하지만 세상에는 말로 설명되지 않는 일들이 더 많기도 하다. 굳이 말로 설명하고 싶지 않은 저 아래에 있는 조금은 치사한 이유들로 잘 알지도 못하는 사람을 싫어하게 되는 경우가 그렇다. 만약 누군가 그런 이해되지 않는 이유로 나를 싫어한다면, 굳이 이해할 필요 없이 (이해할 수도 없겠지만) 관심을 끄면 그만이다. 내 인연이 아닌 그뿐이다. 세상을 살다 보면, 나와 웃으며 지내는 사이 중에도 나를 싫어하는 사람이 있을 수도 있다는 걸 알게 된다. 그런 감정들까지 탐정처럼 파고들면 괴로워질 뿐이다.

반대로, 내가 누군가에게 이유 없이 부정적인 감정을 갖는 것도 자연스러운 일이다. 구태여 스스로를 괴롭히는 죄책감을 가질 필요는 없다. 그저 나와 결이 맞지 않는 사람일 뿐이다. 있는 그대로, 마음이 통하는 사람들을 만나는 과정의 길목에서 당연한 일이다.

그보다 중요한 건, 나를 이유 없이 좋아해주는 사람들이다. 그 사람들과 함께 웃으며 추억을 쌓기도 부족한 시간이다. 내가 사랑하는 사람들, 보고만 있어도 미소가 지어지는 사람들과 더 많은 시간을 보내며 살아가자. 그게 단 한 명이라도 가득하게 소중하다. 나태주 시인이 그러지 않았나. 들여다보면 사랑스럽지 않은 사람은 없다고. 원체 사랑이 넘쳐흐르는 인간이라는 존재는 주면서 성장한다.

착함의 정도

평소에 싫어하는 말이 있다. "너무 착해." 누군가는 자신이 받은 호의에 대한 감동의 평가나 호의적인 감정을 드러내기 위한 문장일 수 있다. 그러나 내가 살아오며 느낀 '착함'은 결코 긍정의 단어가 아니었다.

처음 이 문장을 들은 건, 그러니까 중학교 비상구 계단에서였다. 당시 중학교 1학년이었던 나는, 새로운 친구들과 낯선 분위기에 혼란스러운 상태였다. 스스로가 '미숙하고 자아가 만들어지는 중'임이 느껴질 정도였으니까. 뭐가 맞고 틀린 건지 확신이 들지 않았다. 그저 분위기에 맞추어 너무 튀지 않게 흘러가는 게 옳다고 생각할 뿐이었다. 대학생 때까지 그래 왔지만, 대부분은 처음 만난 날 우연히 주위에 앉은 아이들과 어울리게 되었다. 여자아이들의 '집단 어울림'은 중학생 때가 절정이다.

우연히 주변에 앉았다는 이유로 친해진 친구들은 알고 보니 굉장히 예민했다. 수시로 주변 아이들에게 불만을 품었으며 다툼도 많았다. 갈등을 극도로 싫어하는 나와는 성격이 완전히 맞지 않았다. 그러나 한 달이 지난 시점에서, 그제야 같은 반의 다른 친구들과 친해지는 건 곧 배신임을 깨달았다. 집단 어울림에서 살아남기 위한 선택지는 함께 하는 것뿐이었다.

하루는 그 아이들이 다른 친구와 말다툼을 하고

싫어 했다. 뒤에서 험담을 하는 것도 유쾌하지 않지만, 굳이 찾아가서 다툴 일만큼은 만들고 싶지 않았다. 비상구 계단에서 다툼 모의를 하는 친구들에게 말했다. "이런 일은 그냥 넘어가면 안 될까? 나는 정말 싸우는 게 싫어." 그러자 두 친구는 눈을 부릅뜨며 답답하다는 듯 말했다. "싸우는 거 좋아하는 사람이 어디 있냐? 야, 너는 너무 착해서 문제야."

내 의견과 자아를 모두 눌러버리는 말이었다. 이따금 나에게 "착한 척 좀 그만해"라는 말을 하기도 했다. 물론 장난 섞인 뉘앙스를 풍기며 전혀 악의는 없다는 모순적인 태도였다. 착한 게 문젠가? 내가 착해서 이런 생각을 하는 건가? 나는 결국 그 아이들과 적당히 멀어지는 걸 택했다.

그때부터 나의 '착함' 혹은 그들이 말하는 '착한 척'이란 도대체 무엇인지 고민했다. 나는 불필요한 갈등은 웬만하면 피하자는 주의였고, 늘 안정적인 상태를 유지하는 것이 내겐 최선의 상황이었다. 감정의 폭이 크지 않은 사람이라 그런 듯하다.

마치 대서양의 한가운데 있는 묵직한 유람선 같았다. 약간의 울림은 존재하더라도 금방 잔잔해지며, 우연히 출렁이는 일이 있더라도 크게 타격을 받지 않는다. 그러나 배를 덮칠 만큼 거대한 파도가 몰아치면 잔잔해지는 데까지 며칠의 시간이 필요하곤 했다.

웬만하면 다툼과 갈등보다 안정에 무게를 두었다. 차라리 조금 손해를 보거나, 무시하더라도 내 감정이 상하지 않으면 된 것이었다. 그런데 나와 갈등을 대하는 태도가 달랐던 '너무 솔직한' 이들은 늘 한결같은 표정으로 말했다. "너는, 너무 착해."

성인이 된 이후 내게 그런 말을 내뱉는 사람 중 열

에 여덟 정도는 악의적인 의도가 전혀 없었을 것이다. 그저 온순하며 조화로운 성격임을 칭찬하고자 하는 말이었다. 나도 안다. 그러나 이미 오랫동안 겪어온 상황들이 그 문장에 대한 거부 반응을 만들었다. 그 말의 저 깊이에는, 심하게 표현하면 '작든 크든 손해를 입으면서도 아무 말을 하지 않는 멍청이'라는 비난이 담겨있는 것 같았다.

자신의 생각에 솔직하지 못한 것도 사실이다. 나쁜 말을 하고 싶을 때도 있고, 잘못된 행동에 더 큰 비난을 하고 싶을 때도 있었다. 하지만 어차피 달라지는 것은 없으니, 감정 낭비 말고 무시하자는 게 내 태도의 원인이었다. 그렇게 보면 '착한 척'을 하는 게 영 틀린 말은 아니다.

한편으론, 훨씬 어렸을 적부터 들어온 '착한 아이'라는 프레임이 씌워진 건 아닐까 하는 의문도 가져보았다. 모범생이고 싶고, 착한 딸이고 싶은 마음 말이다. 자라고 보니 알게 되었다. 그딴 프레임은 밥 먹여주지 않음을. 나는 나 자체로 존재할 뿐이다. 객관적으로 보아도, 나는 충분히 이타적이고 자립심이 강한 사람이다. 적어도 타인의 감정을 배려할 만한 마음의 공간이 있는 사람이라고 여긴다. 그 이상의 프레임은 씌울 필요가 없었다.

요즘은 누군가 '착하다'라는 칭찬을 던지면, "나 안 착해"라고 대답한다. 미안하지만 사실이다. 그 말이 여전히 싫은 건 어쩔 수 없다. '착함의 정도'에 대한 혼란의 학창 시절을 지나 성인이 된 이후에 그들에게 조금이나마 감사한 점은, 스스로를 돌아보는 계기가 되었다는 것이다.

여전히 나에게 도움이 되지 않는 일들은 어느 정도 손해를 감수한 채 무시하지만, 상식에 어긋나는 일에는 늘 화를 내는 사람이다. 사람에게 상처를 준 적도 있고, 부당한 일에는 다투기도 한다. 그러니 나는 착한 사람은 못된다. 요즘 세상에 '착함'은 그리 달가운 말은 아닌 것 같다. 종종 "너무 착해도 안 돼"라는 말을 하곤 하는데, 그 말보단 "너무 착하지 않아도 돼"가 맞는 표현 아닐까.

긍정에 애쓰지 않아도 괜찮아

"이거 싫어!"

아이에게 건넨 아이스크림이 뜨거운 콘크리트 바닥에 곤두박질쳤다. 아이들은 명확하다. 어떠한 대상에 대해 일말의 경험이 없음에도 분명하게 의사를 표현한다. 이런 걸 보면 '기호'와 '취향'이라는 것이 만들어진다는 게 신기할 따름이다. 때론, 아이들이 어른들보다 명쾌할 때가 있다.

사회적 동물인 인간은 나이가 들어가면서 나를 둘

러싼 주변의 취향과 삶을 대하는 태도들을 비슷하게 염색하곤 한다. 자신이 속한 무리에서 긍정을 노래하면 '좋은 것', 부정적이거나 무관심을 보이면 '좋지 않은 것'으로 자연스레 인식한다. 그것이 음식이든, 음악이든, 패션이든 말이다. 어떤 분야이든지 명시해놓은 정답은 없지만, 일반적으로 여겨지는 '옳음'이 있기 마련이라, 이것들에 나의 취향을 태우는 경우가 허다하다.

우리는 긍정에 일말의 경계심을 심어놓을 필요가 있다. 주변에서 좋다고 여겨지는 것들이 나에게 익숙하지 않거나 구미가 당기지 않는다면, 과감하게 "NO!"를 외칠 줄 알아야 한다. 솔깃할 만한 제안이 들어왔지만 즐거움을 느끼는 내 모습이 보이지 않는다면, 나를 의심하는 순간이 아니라 나를 이해하는 순간으로 받아들여야 한다.

사람들은 종종 나의 진짜 모습과 이상적인 모습을

헷갈리곤 한다. 내가 바라는 나의 모습은 보통 타인에게 투영되는 경우가 많다. '저 사람이 사는 모습이 마음에 들어서', '이렇게 살면 편할 것 같아서'와 같은 이유로는 오래가지 못한다.

우리는 때로 억지로 끼워 맞춘 '긍정'에 만족하는 경우가 있다. 나의 온전한 모습을 뒤로한 채 남들과 다르지 않았음에 안정감을 느끼는 잘못된 심리이다. 긍정에 애쓰지 않아도 괜찮다. 나와 맞지 않는 것들에 고통스러워하는 것이 더욱 나를 괴롭게 하는 일이다. 때로는, 아니 대부분은 부정을 외치는 것이 나를 지키는 일이 되기도 한다.

현명하고 매력적인 사람이 되는 방법

첫째, 향기로 취향을 드러내는 사람 되기

우리는 보여지는 것에 현혹되어있다. 시선에 의존하여 판단하고 결정하는 일이 많다. 하지만 깔끔한 옷, 멋진 공간을 완성시켜 주는 것은 눈보다 코의 역할이 결정적일 때가 많다. 상상해보자. 꿈꾸던 이상형의 모습을 한 이성이 멀리서 걸어온다. 두 발짝, 한 발짝, 반 발짝. 스쳐 지나가는 순간, 며칠은 찌든 듯한 담배 냄새와 불쾌한 땀 냄새가 오묘하게 뒤섞여서 콧속을 강타한다. 그 순간, 나도 모르게 미간을 찌푸리게 된다.

반대로 어느 날 선물 가게에 들어섰다. 예기치 못했던 곳에서 다정하고, 사랑했던 사람의 향기를 만났다. 옅은 숨을 들이마시는 2초간 그 사람과 함께했던 순간으로 시공간이 뒤바뀐다. 후각은 기억력이 좋다. 후각은 마비될지언정, 그가 남긴 강렬한 감정은 마비되지 않는다. 그러니 향기로 나의 취향과 색깔을 드러내 보자. 눈에 보이지 않는 것들이 때론 강렬하기 마련이다.

둘째, 남들에게 눈곱만큼 잘 보이기 위해 주관을 죽이지 말기

눈치를 잘 보면 약았다고, 눈치를 못 보면 바보 같다고 손가락질 받는 아이러니한 세상이다. 그럼에도 우리는 둘 중에 하나를 택하라면 바보보다는 약은 사람을 자처한다. "이것이 사회생활 아니겠냐?"라는 찐 어른들이 할 법한 말들로 스스로를 위로해본다. 남들에게 눈곱만큼 잘 보이려고 내 주관을 죽이지 말자. 내가 하는 말과 행동을 보는

건 타인뿐만이 아니다. 가장 가까이서 지켜보는 나 자신이 있다.

자신의 생각을 우선순위에서 미루다 보면, 어느새 익숙해지는 비극이 시작된다. 가고 싶으면 가고 안 먹고 싶으면 안 먹자. 남들은 내가 주관을 버리고 배려했다는 사실을 모를 때가 많다. 대부분 타인에게 관심이 없기 때문이다. 나쁜 게 아니다. 지극히 자연스러운 인간상일 뿐이다. 그럴 바에야, 내 마음이 원하는 것들에 더욱 귀 기울이는 것이 효율적이다. 배려하지 말라는 이야기가 아니다. 나의 사소한 마음을 먼저 챙겨야 한다는 것이다.

셋째, 예상치 못한 칭찬은 점검하기
"글씨체가 정말 예뻐요", "키가 크시네요", "운동을 정말 잘하시네요", "너무 웃겨요", "사람을 편하게 해주시네요". 각자가 고유한 성향으로 살아오는 시간만큼, 반복해서 축적되는 칭찬들이 있기 마련이다. 몇십 년째 익숙한 칭찬을 들으면 몇십 년째 익숙한 반응을 한다. 그런데 "털털하시네요"라는 말을 숱하게 들었던 사람에게 "정말 섬세하시네요"라는 칭찬을 건네면 어떨까? 당황하거나 낯설게 느낄 것이다. 만약 예상치 못한 칭찬을 받았다면, 낯선 감정 자체로 넘기지 말자. 노력에 의해 얻어진 칭찬일 가능성이 높기 때문이다. 혹은 상대에 의해 변화되었을지도 모른다. 스스로의 변화를 감지하고 인정해주어야 한다. 나 자신을 알게 되는 좋은 계기가 될 테니까.

넷째, 습관적으로 웃어넘기지 말기

우리나라엔 '좋은 게 좋은 거지'라는 마법의 문장이 있다. '할 말 다 한다'보다는 '착하다'는 말을 듣는 것이 미덕이며, 예민함을 표출하는 사람들에게 '-충'을 붙이기도 한다. 도로 위 무채색 차들을 선호하는 것만 보아도 얼마나 우리가 튀는 것에 관대하지 않은지 알 수 있다. 이렇다 보니 순간적으로 느끼는 부정적인 감정을 표출하는 것에 두려워지기 마련이다.

이로 인한 모습 중 하나가 바로 습관적으로 웃어넘기는 행동이다. 감히 한국 사람들에게 고한다. 예민함을 표출해도 괜찮다. 아니, 해야 한다. 불쾌감을 만드는 말과 행동에 웃어넘길수록, 나를 지킬 수 있는 범위가 줄어든다. 예민함을 표출해야 하는 순간에는 마음을 단단히 먹어야 한다.

호구보다 상여자(표현을 순화했다)가 살기 편하다고 하지 않는가. 누군가 우리를 공격한다면, 내 안에 숨어있는 상여자, 상남자를 잠시 소환하자. 오해하지 말아야 할 것은, 상대에게 깽판을 치라는 말이 아니다. 단지 웃어넘기지 않는 것에서부터 시작하면 된다.

말 한마디가 돈 이상의 가치를 만든다

나는 어떠한 장소에 가든, 어떠한 단체에 속하든, 최소한 한 사람과의 인연을 얻는다면 더 이상의 것을 바라지 않는다. 이런 마음 때문인지 신기하게도 그동안 거쳐왔던 모든 단체에서 적어도 한 사람과의 깊은 인연을 얻게 되었다. 그리고 그 인연들은 지금의 나를 단단하게 만들어주는 소중한 사람들이 되었다.

때는 날이 좋은 가을이었다. 당시 공유 오피스를 이용하고 있었다. 책상 하나뿐인 내 자리 옆에는 큰 창문이 하나 있었는데, 언젠가부터 아침 출근 때마다 이 창문이 늘 열려있는 것이었다. 그러곤 오후쯤 누군가 닫았는지 창문이 닫혀 있었다. 그렇게 2주 정도가 흐른 어느 날 오후, 누군가 창문을 닫고는 나에게 말을 건넸다.

"저, 안녕하세요. 제가 매일 아침에 환기를 시키느라 창문을 여는데요. 혹시 추우면 닫으셔도 돼요." 라고 말하는 그는 40대 초반 정도로 보였고, 패셔너블한 카디건과 안경을 착용한 남성분이었다. 괜찮다고, 감사하다고 인사를 전하는 내게 그는 "그런데요. 진짜 잘 되실 거예요."라는 말을 덧붙였다. 다소 갑작스러운 응원에 놀란 내게, 그가 내 책상 쪽을 가리키며 말했다.

"실례가 될 수 있지만, 창문 닫으면서 책상에 붙어 있는 이 메모를 보게 됐어요. 이 말, 제가 처음 사업 시작할 때 붙여놨던 말이거든요."

그의 말에 나는 책상에 붙어있는 메모를 바라보았다. 그는 손가락을 뻗어 사무실 뒤쪽을 가리키며 덧붙였다.

“참 오지랖일 수 있는데, 제가 2년 전에 저 뒤쪽 책상에서 둘이 시작했거든요. 그런데 지금 정말, 정말 잘되고 있어요. 지금은 이쪽 사무실 쓰고 있어요. 그러니까 진짜 잘 되실 거예요. 이거 다 과정이에요.”

손가락으로 가리킨 다른 사무실에는 얼핏 보아도 직원분들이 많아 보였다. 나는 다소 벙찐 표정으로 눈을 깜빡였다.

“통제할 수 없는 것에 집착하지 말고, 통제할 수 있는 것에 집중하자.”

나는 한참 동안 책상 보드에 간신히 붙어있는 포

스트잇의 문구를 바라보았다. 그러곤 건네받은 대표님의 명함에 적힌 회사명을 검색해 보니, 유명 대기업들과 협업하는 멋진 회사였다.

몇 개월간 수많은 사람들이 지나다니는 건물에서 막막하고 답답한 순간들과 싸우는 과정을 수없이 반복했다. '버티자. 이 또한 지나간다. 결국 해내는 걸 보여주자'라며 다시 일어났다. 가끔은 지고 싶기도 했다. 그런데 이 마음을 모두 알고 있다는 듯 말해주는 분이 나타난 것이다. 이날은 마음이 유난히 지쳤던 터라, 그가 행운의 여신(?)같이 느껴졌다. 말 한마디가 이렇게 감사할 줄이야. 갑자기 알 수 없는 힘이 나기 시작했다. 정말 2년 뒤에는, 내가 꿈꾸는 모습들이 현실이 될 거라고 확신을 주는 듯했다. 아니 확신했다.

그렇게 대표님과의 감사한 인연이 시작되었다. 그 뒤로 종종 대표님은 내 자리에 찾아와 귤이나 간

식들을 챙겨주셨다. “요즘 잘 되고 계시죠?”와 같은 따뜻한 안부를 묻기도 하셨다. 대표님과의 대화 중 가장 기억에 남는 문장이 있다. “저는 다른 사람들에게 하는 이 말 한마디가 굉장히 중요하다고 생각해요.” 그러더니 속삭이듯 말을 덧붙이셨다. “저는 말 한마디로 3억을 벌었다니까요.” 처음에는 무슨 말인가 싶었다. 그런데 대표님의 문장을 찬찬히 생각해 보니 모든 기회는 사람에게서 오는 게 맞았다.

“저는 카페에서 일하다가, 열심히 무언가 하고 있는 대학생한테도 말을 걸어요. 기업 자소서를 쓴다고 하면 선뜻 도와주기도 해요. 어떻게 알아요? 그 친구 가족이 누구일지, 나중에 어떤 사람이 될지!”

수긍이 되는 말이었지만 대표님의 마인드에 머리가 띵 울렸다. 누구나 ‘이타적인 삶’을 꿈꾸지만,

이를 실천하는 사람들은 많지 않았다.

"대표님도 마찬가지고요. 저는 요즘 만나는 사람들마다 수빈 대표님 얘기하고 다녀요. 좋은 기회 있으면 나한테 말해달라고. 다 돌아와요. 이건 저를 위해서 하는 거죠. 이런 관계를 만드는 말 한마디가 중요해요. 진짜 이걸로만 3억 벌었어요. 단, 조심해야 할 게 있어요. 나쁜 사람은 만나면 안 되죠. 이용만 하고 나쁜 마음 먹는 사람들도 있으니까요."

무수한 관계를 만드는 건 '말 한마디'로 시작된다. 3억이라는 숫자는 금전적 가치를 증명하는 용도이지만, 사람의 가치는 단연코 그 이상이라고 생각한다. 내가 가지고 있는 도구나 재능이 아무리 뛰어나더라도 사람이 없다면 알려질 수 없다.

나의 가치를 3억 그 이상으로 높이고 싶다면, 오

늘 당장 가까이 스치는 사람들에게 먼저 밝게 인사하고, 안부를 묻자. 감정을 줄 수 있는 일이라면, 용기 내어 눈을 마주치자. 지금 전하는 가벼운 마음이 언젠가 가볍지 않은 진심으로 돌아올 수 있다.

사실 너한테 지독한 열등감을 느꼈어

누군가를 동경하는 감정과 질투하는 감정은 종이 한 장 차이이다. 그에 따라 감정의 결이 호감이 되기도, 분노가 되기도 한다. 사실 열등감이란 자신의 약점에 대한 분노이다. 누구나 약점은 있다. 이 가엾고 맹렬한 것들을 서툴게 다룰 경우, 스스로가 무참히 약해지고 만다. 나는 그 감정을 잘 안다. 열등감이란 인간이라면 언젠가 한 번쯤은 강하게 겪는 감정이기 마련이다. 그때 알아주면 된다. '내가 지금 많이 약해졌구나. 속상하구나.'

대학 시절, 대외활동에서 알게 된 한 친구가 있다. 우리는 친밀한 사이는 아니었지만, 그렇다고 나쁜 사이도 아닌 적정한 거리를 유지하는 사이였다.

그렇게 2년이 흐른 뒤 우연한 계기로 그 친구와 카페에서 만나게 되었다. 어색함과 반가움을 동반한 서로의 안부를 나누고는 창밖을 잠시 멍하니 바라보았다. 친구는 멋쩍은 웃음을 짓더니 나에게 꼭 하고 싶은 말이 있었다며, 내가 창밖을 보는 사이 혼자서 많은 망설임을 겪은 듯 입을 열었다.

"2년 전에, 사실은 너한테 열등감 같은 걸 많이 느꼈었어. 너는 내가 못 가진 걸 다 가진 거 같은 거야. 나는 좀 밝고 가벼운 편이잖아. 그런데 너는 나랑 나이도 같은데 성숙하고. 그래서 그때 다른 아이들한테는 잘 다가갔는데, 내가 너한테만 그러지 못했었어. 그게 너한테 미안해. 지금 생각하니까 그때 참 좋은 기억이었지만, 너랑도 잘 지냈으면 더 행복한 기억이지 않았을까, 하는 생각이 들더라고."

생각지 못한 말을 들은 나는 그녀의 첫 문장에 흠칫 놀랐지만, 이내 담담히 들었다. 이 말을 나에게 꺼내기까지 혼자서 지나온 복잡한 생각과 감정들을 헤아리려 노력했다. 나 또한 지난날에 이런 감정을 느껴본 적이 있으니 말이다. 열등감을 느꼈던 상대에게 이를 솔직하게 털어놓을 수 있는 사람이 얼마나 될까. 적어도 나는 그러지 못했을 거란 생각이 들었다. 한참 그녀의 말을 듣고는 조심스레 답했다.

"그랬구나…. 나도 미안해. 몰랐어, 그때. 그리고 이렇게 용기 내서 말해줘서 정말 고마워. 너 나보다 엄청 성숙하다. 나 같으면 말 못 했을 거야."

"고맙기는. 그냥 내가 너무 털어버리고 싶어서 그

런 건데, 뭐. 근데 그때로 돌아가도 아마…… 똑같았을 거야. 하하."

"너 그때 마음이 많이 힘들었겠다."

"응, 그랬지. 네가 잘못한 건 아니잖아. 부러운 건데 화도 나고. 그런데 지나고 보니까 너도 약점이 있을 수 있는데 너의 장점만 보고 내 약점을 깎아내렸던 거야. 그냥 있는 그대로를 인정하기로 하니까 마음이 편해지더라. 인정하기로 했어."

"맞아, 나도 약점 많지. 멋있다, 너."

"그런데 웃긴 건, 아까 너 만나는 순간 그 감정이 올라오더라. 넌 더 성숙하고 어른 같아 보여. 습관 같은 건가 봐. 아직은 조금 남아있는 거 같은데, 그래도 금방 괜찮아졌어. 이렇게 너랑 편하게 말할 수 있을 정도야."

친구는 감정의 저 바닥에서 애써 꺼내 올린 말들을 웃으며 보여주었다. 2년간 스스로를 아껴주고 보듬어주려 노력한 친구는 분명 단단해져 있었다. 그녀의 표현처럼 자신의 부정적 감정에서 그만 벗어나고 싶은 해방감에 한 말일지라도 참 고마웠다.

열등감. 사람을 괴롭히는 단어 중 단연 치사하고 애석한 감정이다. 내가 갖지 못한 것을 자연스럽게 가지고 있는 듯한 사람을 보며 분노하는 감정은, 대개 스스로가 만들어낸 환영이다. 남과 비교하는 마음은 결코 건강하지 못하다. 그 에너지를 자신에게 돌려 열등감을 느끼는 부분을 헤아려보는 게 현명하다.

애초에 바꿀 수 없는 부분이라면 있는 그대로를 겸허히 인정하고, 바꿀 수 있는 부분이라면 나의 가치를 높일 수 있는 기회이자 행운으로 여기자. 친구는 2년 동안 내게 느꼈던 부정적 감정들을 인정하고 자신의 강점에 집중하는 시간으로 바꾸었다. 자신을 사랑하기 위해 나를 찾아왔고, 서툴렀던 부정적인 감정을 공중에 털어버렸다. 유난히 부러움과 질투의 감정이 격해지는 날에는, 고개를 돌려 뒤에서 웅크리고 있는 자신을 안아주는 건 어떨까.

미친 듯이 사랑하지 말자

모닥불은 적당한 거리에서 손을 뻗었을 때 사방으로 퍼진 따듯한 온기를 느낄 수 있다. 자칫 손을 과하게 뻗으면 금방 열기에 데고 만다. 사람 관계도 마찬가지다. 가까운 관계일수록 적당한 거리를 유지하려 노력해야 한다.

하지만 사랑하는 사이일수록 상처를 주는 일이 많은 걸 보면, 참 어려운 일이다. 가까울수록 많은 걸 아는 듯해도, 시야는 좁아진다. 상대를 위하는 마음보다 내 멋대로 움직이고자 하는 마음이 반복

되면 정신적 폭력이 되기도 한다.

사랑하는 사람과 상처를 주고받는 일은 당연한 게 아니다. 나는 '미친 듯이 사랑하라'는 말을 행동으로 옮기는 건 지양해야 한다고 믿는다. 상처를 받는 일이 사랑을 받는 일보다 진하게 남는다면, 의도적으로 거리를 두어야 한다. 그게 가족이라도 말이다. 사실 연인이야 최악의 상황이 아니고서야 만남의 여부를 결정할 수 있다지만, 가족은 그렇지 못하다. 태어나보니 같은 가족이라는 구성원으로 묶이게 되었고, 태어나보니 나의 부모와 나의 형제가 되어 있는 것이다. 그중 누군가 나에게 해를 입혔다 해도, 칼같이 관계를 끊어내기란 말처럼 쉽지 않다.

그럼에도 끊임없는 상처를 주고받는다면 의도적으로 거리를 두는 것이 필요하다. 처음부터 내가 선택한 관계가 아니었기에, 나를 포함한 누군가를 탓할 일은 아니다. 그저 마음의 거리를 두는 것이 필요하다. 가능하다면 공간의 거리를 두는 것을 추천한다. 가족을 타인처럼 적당한 거리를 두고 바라봤을 때, 비로소 그 관계를 있는 그대로 바라보는 시야가 생긴다.

사랑하지만 좋아하지 않는 관계는 잠시 내려놓아도 좋다. 내가 선택하지 않았고, 애써 바꿀 수 없는 관계에 최선을 다해 아파하지 않았으면 좋겠다.

글쓰기와 운동의 공통점

몇 년 전부터 꾸준히 운동을 하고 있다. 체력을 키워야 한다는 일종의 의무감과 나를 챙겨야겠다는 마음을 채우기 위해서였다. 그렇게 억지로라도 운동을 시작하고 보니, 운동과 글쓰기와 닮은 부분이 많았다.

첫 번째, 나에게 집중한다.
육체는 생각을 지배한다. 운동을 하는 동안에는 나를 괴롭히는 잡생각들이 사라진다. 자잘한 고민보다는 어디에 힘을 주어야 하는지, 어떻게 해야 제대로 된 자세인지가 더 중요하다. 결정적으로 힘이 들면 그런 생각을 할 겨를이 없다. 모순적이게도 고통스러운 와중에 나에게 집중하게 되는 그 순간이 좋다. 글쓰기도 마찬가지다. 직접 겪은 일이 아니더라도, 결국엔 내가 쓰는 글이다. 머릿속의 글자들과 손끝에 느껴지는 타이핑의 촉감에 집중한다. 글의 주제와 관련되지 않은 생각들은 글의 흐름을 흐릿하게 만든다. 바깥에서 수많은 사람과 부딪히며 사는 피곤한 인간으로만 반복할 수는 없다. 스스로에게 집중하는 시간이 필요하다.

두 번째, 시간을 들여야 한다.
운동은 땀을 배출하고, 글쓰기는 문장을 배출한다. 어쨌든 무언가 쏟아내는 행위임은 분명한 공통점이다. 이 행위에는 시간의 투자가 선행되어야 한다. 때로 운동에는 돈을 들여야 하기도 한다. 그 시간들이 모여 견고한 나를 만든다. 일시적인 투자는 성장하기 어렵다. 속도를 늦추더라도 장기적인 시간을 들여야 문장과 근육이 단단해질 수 있다. 두 가지 모두 자신의 의지에서 마련해야 하는 시간이기 때문에 무언가 확실한 동기가 있다면 좋다. '이번 달 내로 몇 kg 감량하기' 혹은 '일주일에 글 2개 쓰기'와 같은 작은 목표를 세우는 것은 꾸준한 시간을 투자하는 동기가 된다.

세 번째, 근육을 키워야 한다.
문장과 몸의 근육을 키워야 한다. 근육이 있어야 더 멀리 나아갈 수 있는 힘이 생긴다. 꾸준한 글쓰기와 운동은 배신하지 않는다. 두 행위의 공통점은 '가성비가 통하지 않는다는 것'이다. 남들보다 빠르게 성장할 수 있는 방법은 타고난 작가이거나 타고난 근육량을 보유한 것이 아니라면 없다. 운동을 좋아하는 사람들이 즐겨하는 말이 있다. "세상을 살아보니 내 뜻대로 되는 게 운동밖에 없더라." 글도 마찬가지다.

네 번째, 권태기가 온다.

운동을 꾸준히 잘하다가도 자연스레 일상에서 운동을 잊게 되는 때가 있다. '아… 운동 가야 하는데'라고 생각했다면 운동 권태기가 온 것이다. 오늘은 힘이 드니까, 오늘은 아프니까, 사소한 모든 핑계가 이유가 된다. 이를 넘어서면 죄책감조차 느끼지 않는 상황에 다다른다. 무기력해지고 피곤함에 사로잡혀 몸을 움직이고 싶지도 않다. 머리에는 생각이 가득하고 그저 자고 싶을 뿐이다. 글쓰기도 어느 순간 낯설게 느껴질 때가 온다. '글태기'라고 해야 할까. 여기서 더 안 쓰다가는 아예 감을 잃을 것 같아 억지로 노트북을 열어보는 순간이 바로 권태기이다. 이 권태기를 이겨내는 방법은 그냥 하는 것뿐이다. 권태기가 왔음을 인정하고, 서서히 다시 페이스를 찾아가는 게 유일한 탈출 방법이다.

다섯 번째, 알아주는 사람이 있으면 즐겁다.

혼자 하는 일이라면 더더욱, 누군가 알아주었을 때 기쁨이 배가 된다. 같은 운동을 하거나 다른 운동을 하더라도 운동 그 자체를 즐길 줄 아는 사람을 만난다면 이야깃거리가 풍부해진다. 운동의 재미를 아는 사람만이 할 수 있는 대화가 있다. 글을 쓰는 사람들은 공통적으로 생각이 많은 사람들이다. 자신의 글을 읽어주는 사람들과 대화를 나눌 수 있고, 생각을 공유할 수 있음은 글쓰기에 있어 굉장한 동기부여가 된다. 스스로 말을 꺼내지 않아도 누군가 알아봐 준다면, 그건 오랜 노력이 남긴 흔적이 그에게 자연히 묻어나기 때문이다.

공감의 타이밍

소통에서 빠질 수 없는 재료는 '공감'이다. 말을 되받아치기 위해서는 상대방이 무슨 말을 하고자 하는지 알아채고 동의하는 행위가 필요하다. 공감의 사전적 의미는 '대상을 알고 이해하거나, 대상이 느끼는 상황 또는 기분을 비슷하게 경험하는 심적 현상'이다. 같은 기분을 느낄 수 있다는 건 얼마나 아름다운 일인가.

하지만 분류 없는 공감은 오히려 해롭다. 우리는 습관적 공감을 하고 있진 않은지 돌아봐야 한다.

실로 내가 상대방의 생각이나 기분을 이해하거나 비슷하게 느끼고 있지 않음에도 겉으로는 동의하는 척을 하는 것이다.

이는 상대가 나보다 나이나 직위가 높거나, 불편한 상황을 벗어나고 싶을 때 일어나는 경우가 많다. 사실상 상대는 무조건적인 동의를 원하고 말을 꺼냈을 것이다. 아무리 이해하려 해도 머리로 받아들여지지 않는 상황에는 습관적 공감을 멈춰야 한다. 단순히 상대에 대한 배려라는 생각으로 공감을 반복한다면, 상대는 더 신나는 마음으로 이야기를 멈추지 않을 것이다.

공감에는 소신이 있어야 한다. 이야기에 동참하고 싶지 않은데, 어쩔 수 없이 이러한 이야기에 참여하게 되었다면 무의식적인 공감만큼은 하지 말아야 한다. 그래서 타이밍이 중요하다. 나도 모르게 공감을 반복해놓고 나중에서야 의견을 바꾼다면 얼렁뚱땅 줏대 없는 사람이 되기 십상이다.

물론 공감하기도 싫지만, 안 할 수도 없는 상황도 있다. 예컨대 불편한 자리에 있거나 멋대로 우울함을 폭발하는 사람 앞에서가 그렇다. 그럴 땐 약하게 고개를 끄덕이고, 최대한 말을 아끼자. 굳이 공감하지 않는다는 부정적 표현을 드러내지도 않거니와, 당신의 일방적인 말들에 많은 말을 섞고 싶지 않다는 암묵적인 거리두기가 가능하다. 결국 적절한 타이밍에 적절한 공감이 나는 물론이거니와 상대방을 존중하는 방법일 것이다.

이상하고 다정한 사람

나는 커피 맛에 예민하지 않다. 불과 몇 달 전에서야 미간의 주름 없이 아메리카노를 마실 줄 알게 되었고, 라테는 쓰지 않으면 맛있는 것이었다. 그런데 이 커피는 달랐다. 정말 맛있었다. 눅진하고 부드러운 크림이 커피 위를 한껏 감싸고 있는데, 겉면에 눈이 내린 듯 슈가 파우더가 뿌려져 있었다. 이 음료의 이름은 '언더스노우'이다. 이 음료는 빨대를 사용하면 안 된다. 유리잔 위에 입술을 포개고 커피를 마시는 순간, 적당히 쌉싸름한 커피 맛이 달콤한 크림으로 깔끔하게 마무리된다. 재료의 밀도 차이가 주는 환상적인 팀워크다. 보통의 카페에서는 '아인슈페너'로 불린다. 이 커피를 좋아하는 이상하고 다정한 사람의 이야기를 하고자 한다.

대학교에 다니던 시절, 서울 소재의 대학임에도 근처에 갖춰진 식당, 카페, 병원이 귀했다. 2학년 즈음 학교 건너편에 아늑한 카페가 하나 생겼다. 존재 자체가 반가웠고, 시간을 내어 자주 가곤 했다. 장소가 좋아서, 언더스노우가 좋아서였다. 친구에게 그 음료를 소개해주고 싶어 데려간 날이었다. '언더스노우 1+1'이라는 이벤트가 진행 중이었다. 이벤트 안내 문구 옆으로 한 문장이 덧붙여 있었다.

"나 없는 곳에서 아프지 말아요."

자세히 보니 그 이벤트의 주최자는 카페 사장님이

아니었고, 내가 좋아하는 또 다른 장소의 사장님(?)이었다. 이분을 감히 '이상하고 다정한 사람'이라 칭하고자 한다. 꽤 오랜 시간이 지난 일이지만, 직업에 대한 가치관에 대해 깊은 고찰을 하는 요즘, 이분이 계속 떠올랐다.

덧붙여진 문장을 보고 이분의 직업을 유추한 사람도 있을 텐데, 학교 근처의 유일한 동네 병원 의사 선생님이다. 잠시뿐이었지만 선생님을 만나본 사람으로서, 어른으로서 존경하고 애정하는 사람으로서, 이 메시지를 보고 웃지 않을 수 없었다. 선생님의 유머 감각이 고스란히 느껴지는 문장이었다.

선생님을 처음 만나 뵌 건 대학교 2학년 가을 즈음이었다. 당시 교내 방송국 생활에 파릇한 에너지를 모두 쏟아내고 있었다. 스트레스로 중이염이 찾아와 한쪽 귀가 들리지 않았다. 그런 경험은 처음이라 겁에 질린 채 병원을 찾았다. 병원은 작은 건물 2층에 위치해 있었고, 내부는 아담했다. 선생님은 어디가 아픈지 물으셨고, 나는 "귀가 안 들려요"라고 말했다. 그러자 선생님께서는 내 귀에 손으로 딱딱 소리를 내며 들리느냐고 물었다. "네, 조금 들려요"라는 내 말에 선생님은 "아우, 증말!! 깜짝 놀랐네! 왜 귀가 안 들린다 그래요?"라고 말하시며, 당사자인 나보다 더 놀란 듯 보였다. 범상치 않은 선생님이었다. 내 편견일지 모르지만, 의사 선생님들은 어떤 심각한 상황을 말해도 항상 침착했는데. 환자인 나보다 더 호들갑이셨다.

"스트레스 때문에 그래요. 언 놈이야?"
"네에… 네?"
"어떤 놈이 힘들게 해요?"
"그런 건 아니에요^^"
"그럼 뭐, 방송국 때문에 그래요?"
"오! 어떻게 아셨어요?!"
"뭘 어떻게 알아요. 옷에 쓰여 있잖아요. 근데 학

교 방송국에서 뭘 하길래 그렇게 스트레스를 받는 거예요."

그렇다. 그때 나는 방송국 점퍼를 입고 있었다. 그 뒤로도 학교생활에 대해 궁금한 점을 물어보셨다. 방송국은 어떻게 들어가는 건지, 학교생활은 어떤지. 동네의 작은 병원이라 환자가 밀려 있지 않은 덕에 선생님과 많은 이야기를 나누게 되었다.

보통의 경험에 의하면, 진료실에서는 환자가 의사에게 질문을, 의사는 환자의 질환에 대한 해결책을 제시한다. 하지만 이곳의 진료실에서는 그렇지 않았다. 선생님은 환자들을 환자 이전에 사람으로 대해주셨다. 해결책 이전에 왜 이런 아픔이 생겼는지 궁금해하셨다. 형식적인 질문들이 아니었다. 사람에 대한 애정 어린 시선에서 나오는 관심이었다. 병원에 오는 아픈 사람들과 웃음이 오고 가는 이상한 곳이었다.

사실 학교 내에도 의무실이 있어, 크게 아프지 않은 이상 병원까지 찾아갈 일이 잦지 않았다. 그렇게 시간이 흘러 4학년이 되었고, 감기 기운으로 인해 병원을 찾았다. 몸은 아프지만 반가운 마음이 들었다. 진료실로 들어가 선생님을 마주했는데, 선생님이 적어놓으신 진료 차트에는 3년 전 나눴던 대화의 키워드들이 적혀있었다. 그 단어들은 다시 병원을 찾았을 때 서로를 이어주는 대화의 주제가 되었다.

선생님은 오랜만에 왔다며 나를 반겨주셨다. 그날은 내가 준비 중이었던 해외 봉사활동에 대한 이야기를 물으셨다. 변함없는 모습이셨다. 졸업을 한 지금 학교를 떠올릴 때면, 다시 만나 뵙고 싶은 분이다. 선생님께서는 아실지 모르지만, 선생님을 한 번이라도 만났던 학교 학생들은 모두 좋은 기억을 하나씩 가지고 있었다. 어쩌면 잠깐의 인연으로 스쳐 지나갈 한 명의 학생들에게 따뜻한 위로를 남겨주셨다. 긴 시간이 지난 현재는 다른 곳으로 병원을 옮기셨다는 소식을 들었다.

같은 일을 하더라도 어떠한 방식으로 진행하느냐에 따라 어마어마한 차이가 있다. 선생님이 환자에게 주는 것은 비단 처방전뿐만이 아니다. 선생님만의 방식으로 사람에 대한 애정, 다정함, 그리고 위로를 전해주었다. 가끔은 일면식이 없는 사람들에게 '맛있는 커피'를 나누어주기도 한다.

나도 선생님처럼 다소 이상하지만 다정한 사람이 되고 싶다. 선생님만큼 유머러스한 사람이 아니기에 웃음을 전하진 못하더라도, 따듯한 말과 미소는 전할 수 있지 않을까. 다채로운 방법으로, 때론 귀엽기도 했으면 좋겠다. 직업이 명함이 아닌 수단으로써 백번 발휘되기 위해 끊임없이 베풀 수 있는 방법을 고민하는 어른이 되고 싶다.

맑은 부러움 모으기

'부럽다'는 부정적 단어에 가깝다. 내가 갖지 못하는 것을 누군가 가졌을 때 자연스레 느껴지는 시기와 질투 어린 기분에서 흘러나오는 말이기 때문이다. 그러나 마음을 잘 들여다보면, 이 감정은 한 인물 그 자체를 향하는 것이 아니다. 내가 보고 싶은 모습만을 부러워하는 것이다. 사람은 원래 제멋대로 보고 생각한다. 다르게 말하면, 우리는 부러움을 선택한다.

부러움이 느껴지는 사람이 있다면, 어떤 모습 때

문인지 면밀하게 따져보아야 한다. 그것이 자신이 눈치채지 못했던 숨은 '욕망'일 수 있기 때문이다. 욕망이란, "이 욕망덩어리!"라고 질책당할 만한 탐욕이나 사치의 동기가 아니다. 자신이 이루고픈 원대한 목표의 동기이다. 자신의 욕망을 알아보는 방법은 간단하다. 맑은 부러움을 주는 사람을 떠올리는 것이다. 나는 신기하게도 계절마다 그 대상이 조금씩 달라졌다. 그만큼 가치관이나 방향성에 변화가 생겼다는 증거이다.

나는 부러움에 두 가지 종류가 있다고 생각한다. 하나는 맑은 부러움, 나머지는 심심한 부러움이다. 맑은 부러움은 그 인물을 떠올릴 때, 기분 좋은 두근거림이 느껴져야 한다. 마치 내가 원하는 삶의 일부를 미리보기처럼 보여주듯 긍정적인 자극제가 된다. 그가 성취한 방법이 궁금하고, 언젠가 나도 이룰 수 있다는 희망을 심어준다. 즉 내게 영향력을 주는 것이다.

반면, 심심한 부러움은 감정 그 이상 그 이하도 아니다. 생각하게 만들지 않는다. 막연한 동경에 가깝다. 나는 BTS나 오타니가 부럽다기보단 그저 경탄스럽다. 내가 원하는 세상은 아니기 때문이다. 여타 너무 많은 대상에게 그런 마음이 든다면 '맑은 부러움'이 아닌 '심심한 부러움'인지 체크해 봐야 한다. 심심한 부러움은 나무에 오르는 원숭이가 호수 속 물고기를 보고 부러워하는 것과 같다. 이 또한 나쁜 감정은 아니다.

또 한 가지, 맑은 부러움을 주는 대상에게는 열등감을 느끼지 않는다. 그들은 보통 건강한 에너지를 품고 있기 때문이다. 혹 특정 인물에게 강한 열등감을 느끼고 있다면 너무 내 탓을 하지 말자. 열등감에는 공격성이 있다. 이 감정을 당하는 사람에게 모든 책임이 있지 않는다고 믿는다. 타인의 열등감을 유인하는 인물들이 간혹 있기 때문이다. 그들은 자신의 날카로운 지점을 알고 있다. 그 부분이 가장 연약한 사람에게 자신의 강점을 무기 삼아 눈치채지 못하게 바늘처럼 쑤신다.

그러니 통제할 수 없는 열등감이나 심심한 부러움 대신, 맑은 부러움을 선택하자. 종이에 지금 당신에게 맑은 부러움을 주는 인물들을 적어보고, 어떤 모습을 선택적으로 부러워하는지 생각해 보자. 지금 이 순간, 또 다른 누군가는 당신에게 맑은 부러움을 느끼고 있을지도 모른다.

청소를 어떻게 그렇게 자주 하세요?

청소를 좋아해 자주 한다고 말하면, 종종 사람들이 묻곤 한다. "청소를 어떻게 그렇게 자주 하세요?" 청소라고 함은 어질러진 보금자리를 치우는 것만을 의미하지 않는다. 나에게 청소란, 집과 머리를 동시에 정리할 수 있는 가장 효율적인 행위다. 쌓인 먼지를 털어내고, 흐트러진 잡동사니들을 제자리에 돌려놓는다. 필요 없는 물건들은 나눔을 하거나 과감히 버린다.

간단한 판단과 몸의 움직임만으로 머릿속에서도

같은 상황이 일어난다. 지끈거리는 일들이 털어지고 이리저리 흩어져 있던 생각들이 제자리를 찾는다. 쓸데없는 생각들은 곧장 사라진다. 가만 보면 우리의 몸은 참 단순하다. 정신없이 한두 시간을 움직이고 나면, 크게 바뀐 것이 없더라도 말끔하고 반짝거리는 집이 보인다. 그게 현재 내 머리의 상태다.

나는 비우는 일을 즐긴다. 틈틈이 물건들을 확인하고, 필요 없는 것들은 정리한다. 반면 가족들은 물건 버리는 꼴을 못 본다. 물건이 안 보이면 곧장 나에게 달려와서는 "그거 버렸어?"라고 묻거나, 혹은 물어볼 필요도 없다는 듯 "그거 왜 버렸어!"라고 단정하곤 한다. 하지만 나는 대부분 버리지 않았고, 아주 아주 가끔, 몇 년간 손대지 않아 먼지가 잔뜩 쌓인 물건을 버리곤 했는데, 그럴 때마다 가족들은 귀신같이 알아챘다. 그들에게 그 물건은 1년에 한 번 정도 필요한 것이었다. "남의 물건까지 버리지 마!"라는 말에 "우리가 남이야?"라는 서운한 감정이 오가기도 했다. 그런 전과들이 쌓이니 물건이 사라지면, 늘 내가 첫 번째 용의자가 되었다.

아무렴, 비우는 일을 즐기는 이유는 하나다. 공간이 넓어지고 내게 꼭 필요한 물건만 남기게 되면, 어느샌가 정말 내 취향의 물건들만 남게 된다. 너무 많은 것들은 머리를 아프게 한다. 오직 내 취향으로만 깔끔하게 정리된 모습이 나를 편안한 상태로 만들어준다. 주기적으로 비우는 일은 공간과 정신에 여유를 준다.

청소를 하거나 비우는 일을 유독 힘들어하는 사람들이 있다. 청소를 '하기 싫은 일' 정도로 생각하기 때문이다. 물론, 몸이 지쳐있는 경우라면 힘든 게 당연하다. 청소를 하는 데에도 어느 정도 에너지가 필요하니까.

우선은 거창하게 무언가를 비우거나 청소하겠다는 생각보다, 나를 정리해보자는 목표를 가지고 '나를 챙기는 일'로 바꿔보자. 생각의 전환만으로도 청소를 마무리하고 나면 스며드는 성취감과 함께 마음이 단단해질 것이다.

깨끗하게 정돈된 환경에 나를 두는 게 중요하다. 내가 생활하는 방은 곧 나의 모습이다. 나는 현재 방의 모습으로 나의 상태를 체크하곤 한다. 스트레스가 잔뜩 쌓이고 무기력해졌을 때는 옷걸이에 옷을 거는 일조차 힘이 들고, 방금 먹은 군것질 봉지도 치우지 않고 그대로 내려놓는다. 그렇게 며칠만 지나도 방은 그야말로 난장판이 된 채로, 생활의 동선을 그대로 드러낸다. 곧바로 정리하지 않을수록 어질러진 물건들이 자연스럽게 자리해버린다. '언젠가 한번에 치우겠지. 물론 미래의 힘찬 내가'라는 무책임한 생각들이 나를 더욱 무기력하게 만든다. 문득 어질러진 방을 마주할 때면 생각한

다. '내가 요새 많이 힘들구나.'

이럴 때는 일정표에 청소하는 날을 정해두어야 한다. 바로 나를 리셋하는 시간이다. 어질러진 방을 치우면서 마음의 우울감 역시 쓰레기봉투에 묶어 버린다. 그러고 나면 신기하게도 어지러운 마음이 정리되고 힘이 생긴다.

청소를 사랑하는 사람들은 자신을 부지런히 챙기는 사람들이다. 마음의 여유를 다듬는 방법을 아는 사람들이다. 지금 나의 공간이 어질러져 있다면, 가장 먼저 자신을 다독인 뒤 일어나서 눈에 보이는 것들부터 하나씩 정리해보자. 한꺼번에 모든 걸 정리하지 않아도 괜찮다. 오늘은 여기까지, 내일은 여기까지만. 이렇게 작은 부분들부터 청소해가자. 그렇게 천천히 나를 챙기다 보면, 그마저 습관이 돼 있을 테니까.

2장

흘러가는 대로 살지 말자

대학교 2학년 때, 학내 동아리에서 가장 멋있어 보이는 여자 선배가 있었다. '언니'보다는 '선배'라는 호칭이 잘 어울리는 사람이었다. 21살의 어린 나에게 27살의 선배는 단단함을 너그럽게 알려준 사람이었다. 나는 그녀를 마음으로 잘 따랐으나, 결론부터 말하자면, 그녀는 나를 멀리했다.

선배는 방송 기자에 대한 큰 꿈을 가지고 있었다. '이 사람이 아니면 누가 기자를 하지?'라는 생각이 들 정도로 직업에 대한 열정이 주변에까지 느껴졌고, 나는 그녀의 꿈을 그 누구보다 응원하는 팬이었다. 꼭 방송에서 마이크를 잡은 모습을 보고 싶었다.

그렇게 2년의 시간이 흘러 내가 대학교 3학년이 되었을 무렵, 선배와 연락을 하게 되었다. 선배는 대기업에 정규직으로 취직을 했다는 소식을 전해왔다. 응원하던 일이 당장 이뤄지지 않은 것에 대해 아쉬움이 들었지만, 나보다 가장 아쉬움을 느낄 사람은 따로 있었으니 티를 낼 수 없었다. 퇴근 후 저녁을 먹자는 제안에 신이 나서 달려 나갔다.

2년 만에 선배를 만나러 가는 길, 멋진 직장인이 된 선배의 모습을 상상했다. 예전처럼 패기 넘치고 당당한 모습에서 어른스러움이 더해졌을 거라 생각하니, 기대되는 마음에 설렘이 한껏 올라올 정도였다. 하지만 기대와는 사뭇 다른 모습이었다. 일을 끝마치지 못해 20분을 늦은 선배는 이토록 지친 날들이 꽤 이어졌던 것으로 보였다. 그녀는 연신 미안하다며 사원증을 빼는 것도 잊은 채 식당 한편에 앉았다. 대학 생활이 사회생활의 전부였던 나에게 진짜 사회란 얼마나 잔인하고 고달픈지 알려주고 싶지 않지만, 알아야 한다는 듯 말해주었다. 대기업임에도 불구하고 여성이 일하기에 부조리한 일들도 다반사였다.

한바탕 쌓였던 회사 스트레스를 털어놓은 선배는 그제야 나의 근황을 물었다. 요즘은 어떻게 지내는지, 아나운서 준비는 잘 하고 있는지. 당시 꿈을 이루는 과정 위의 두근대는 마음과 걱정이 늘 많았기에 있는 그대로 즐거움과 고심을 적절히 섞어 털어냈다. 하지만 어쩐 일인지 선배에게서 응원하는 듯한 진심은 느껴지지 않았다. 그걸 당연하게 바라는 건 아니었지만, 이전의 나에게 그녀는 너무나도 너그러운 사람이었기 때문이다.

씁쓸함. 나를 보는 그녀의 눈에는 쓰디쓴 씁쓸함이 보였다. 막 달려가는 나를 보며 꿈에 열정이 넘쳤던 그녀의 모습이 투영되었을 것이다. 좁디좁은 꿈을 향해 달려가다가 현실이라는 벽에 부딪혀 지원했던 대기업에 덜컥 합격을 했고, 조금만 몸을 담그다가 그만두려 했던 일이 2년, 3년 지나오게 된 것이다. 이제는 그만두고 꿈을 도전할 용기가 없다는 말이 오히려 나를 좌절하게 만들었다. 나의 21살 우상에게서 이런 모습을 보게 될 줄은 몰랐다. 하지만 이것이 수많은 현실 중 지극히 현실이었다. 서로의 집으로 돌아가기 위해 걷는 길에서 잠시 침묵하던 선배는 나에게 말했다.

"절대 흘러가는 대로 살지 마. 나 정말 많이 후회했어. 그때 조금만 더 노력해서 한 번이라도 꿈을 이뤘으면 지금처럼 미련이 남지는 않았을 거야. 지금 연봉도 많이 받고 안정적이지만, 나는 아마 평생 이 미련을 가지고 살아야 할 거야. 이건 내가 원하던 일이 아니거든. 그래서 행복하지가 않네. 너는 그러지 말았으면 좋겠어. 그러니까, 흘러가듯 다가오는 상황이 있어도 안주하지 마. 알겠지?"

이 말을 남긴 후로 선배는 나의 연락을 피했다. 그러곤 나도 선배를 인연에서 놓아주었다. 그녀가 어떤 마음인지 조금은 알 것 같았기 때문이다. 나를 떠올릴 때마다 이전의 자신과 현재의 자신이 대비되는 복잡한 마음이 들었을 것이다. 꿈을 마음 깊이 덮어두고 현재의 삶에 충실하기로 선택한 것이다.

그때 나에게 '행복한 척'하지 않은 선배가 여전히 멋있다. "이 삶도 나름 행복해"라고 어린 후배 앞에서 합리화할 수도 있는 상황이었다. 그러나 나를 다시는 마주할 수 없을지언정 진심을 전하고 싶어 했다. 나만은 꼭 꿈을 이루길 바랐다.

그래서 나는 오늘도 흘러가는 대로 살지 않는다. 원하는 모습이 있으면 적어도 이루고 봐야 한다는 생각이다. 꼭 후회 때문만은 아니다. 바라는 게 있다는 건 축복이다. 스스로가 행복할 수 있는 방법을 알고 있다는 증거다.

원하는 걸 얻는 길은 순탄치 않다는 걸 누구나 알고 있다. 그 길에는 현실의 안정감을 노리는 온갖 유혹들이 줄을 서 있다. 딱히 고생하고 싶지 않다면 모두가 가는 길을 따라가면 된다.

하지만 나는 흘러가는 대로 사는 삶에 안주해 적당한 행복을 설득당하는 게 가장 무섭다. 물론 작은 행복도 소중하다. 하지만 스스로가 품은 가능성이 어디까지인지 실험해 보고 싶다. 안주하지 않는 선택들을 반복했을 때 어떤 결과를 마주하게 될지 직접 눈으로 확인하고 싶다. 지금 같은 선택을 했다면, 혼자가 아니라는 것을 알아주길 바란다. 그리고 어떠한 선택이든 그 몫은 오직 나에게 있음을 기억하길 바란다.

나의 흔한 이름에 대하여

수빈. 나는 이 이름을 가지고 있는 한국인들을 숱하게 만나왔다. 대개 90년대 중반에 태어난 여성들이었으며, 드물게 남성도 있었다. 세상의 모든 존재가 나를 위한 것이라 여겼던 아주 어린 시절에, 나와 성까지 완벽하게 일치하는 아이를 만났을 때의 그 충격을 아직도 잊지 못한다. '이 아이도 ○○○으로 나처럼 살아왔겠구나'라는 당연하고 당연한 일이 어린아이의 세계를 뒤흔들어놨다. 숨쉬는 이곳은 무릇 나 혼자만의 공간이 아니라는 사실을 거하게 깨달은 것이다. 더해서 나 또한 이 세상에 많고 많은 수빈이들 중 점과 같은 하나일 수 있다는 자조적인 실망감도 느껴졌던 것 같다.

그렇게 받아들이기로 했다. 하지만 눈에 띄지 않았을 때 한정되는 일이었다. 이름이 같은 아이가 학교에서 같은 반에 배정되거나, 한 교실의 학원과 같은 협소한 공간에서 함께할 때는 묘한 불쾌감을 느꼈다. 그 아이가 못나서도 아니었고, 피해를 주는 일도 없었다. 다만 나의 정체성에 있어 희소성이란 걸 빼앗긴 탓이었다. 이따위 일로 불쾌한 마음을 가지지 않는 성숙한 아이라는 걸 스스로에게 증명하고 싶었던 마음에 잘 지내려 애써 노력하기도 했었다. 하지만 내가 특별하지 않은 것처럼 느껴져, 오래가지 못했다.

중학생이 되고 나서는 훨씬 많고 다양한 아이들을 만나게 되었다. 복도에서 내 이름이 불려 뒤돌아보면, 열에 서너 번 정도는 내가 아니었다. 그 무안한 느낌이 싫었다. 지금도 길 저만치에서 내 이름 비슷한 글자가 들려도 웬만하면 돌아보지 않는다. 그 당시는 주변에 관심이 많아지고, 제멋대로 정한 나의 기준에 나를 처참하게 비교하는 나이였다. 예쁜 이름들이 왜 이렇게 많은지. 저 아이의 부모님은 무슨 생각을 했길래 저런 이름을 지어줬을까? 이름이 예쁘다는 것 하나만으로 그 사람마저 빛나는 것처럼 보이기도 했다. 반면 재미없고 평범한 내 이름이 더욱 미워졌다. 나도 인터넷 소설 주인공 같은 듣기만 해도 설레고 예쁜 이름을 갖고 싶은데, '우리 부모님은 왜 이렇게 평범한 이름으로 지어줬을까'라는 유치한 원망이 일었다. 작명소 사장님에 빙의하여 노트 위에 나의 새로운 이름들을 적어보기도 했다.

그 당시 부모님과 밥상에 마주 앉을 때면 심심할 때마다 묻곤 했다. "내 이름 왜 수빈이라고 지었어?", "나 이름 지었을 때 후보 이름들이 있었을 거

아냐, 그거 뭐였어?", "요즘은 개명도 많이 한다던데…." 부모님은 나의 뚱한 질문에 "영어로 발음하기 제일 편하게 지은 거야~", "네 반에 있는 여자애들 이름은 다 있었어!"라고 별일이라는 표정으로 대답하셨다. 처음에는 애가 정말 심심한가 보다 싶었던 부모님도 이런 질문이 반복되는 아이에게 실망스런 마음을 내비쳤다. 너를 처음 가지고 나서 엄마 아빠가 직접 공부해서 만든 제일 좋은 이름이었다는 말씀과 함께.

그렇게 중학생의 귀여운 반란이 지나가고, 고등학생이 되자 내 이름의 예쁜 점을 뜯어보게 되었다. 별다른 건 없지만 그냥 마음에 들었다. 무엇보다, 주변에서 "너는 수빈이가 가장 잘 어울리는 사람이야"라는 말이 정말 듣기 좋았다. 나다움을 점차 찾아가는 과정에서 '수빈다움'이라는 고유한 색이 짙어지는 순간이었다. 스스로를 혐오하는 시간도 많았지만, 나를 존재하게 만들어주는 이름만은 결코 미워하지 않으리라 다짐했다.

20대 중반이 되어서는 이름에 대해 어떠한 감정을 가져본 기억이 없다. 어느 날, 그 이름이 정말 잘 어울린다고 생각했었던 친구가 낯선 이름으로 개명했다. 그 순간 '이름'이라는 것에 오랜만에 빠져들었다. '이름이란 무엇인가.' 그 친구는 내가 어린 시절에 가졌던 생각들을 성인이 되어서도 놓지 못하고 있었던 것이다. 평범하게 불리는 이름을 탈피하기 위해 오랜 시간을 기다려 제 발로 작명소에 찾아갔다고 한다. 이제부터 그 이름으로 불러달라고 하는 친구에게 어색한 마음을 감출 수 없었다. 마치 내가 지은 별명이니 이름 말고 그걸로 불러달라는 이상한 부탁을 들어주는 느낌이 들었다. 그래서 자신 있게 불러본 적은 없다. 간지럽고 어색했다. 그의 이름을 말하는 건, 나의 일이기 때문이다.

개명을 한 사람들을 보며 내가 얼마든지 다른 이름으로 불릴 수 있다는 사실이, 어릴 적 처음으로 같은 이름의 아이를 만났을 때와 비슷한 놀라움으로 다가왔다. 그러곤 중요한 사실을 완벽히 깨달았다. 그 이름이 예뻐 보이는 건, 그 사람이 예뻐서다. 이름을 한 번이라도 더 불러주고 싶고 기억하고 싶은 사람이 있다. 내가 내 이름을 있는 그대로 사랑하게 되었을 때, 주변에서도 내 이름을 아껴주었다.

기억하자. 당신의 이름이 무엇이든 그 단어는 고유어다. 이 우주에서 단 한 사람을 위한 이름이다. 억지로 다른 것과 대어 보고서 쥐어뜯어 바꾸려 하지 않고 그 자체로 존재했을 때, 편안하고 사랑스러운 사람이라 여겨졌고 우연히도 그의 이름은 ○○이었다.

내려놓기로 했습니다

나의 꿈을 내려놓기로 했다. 그리고, 그 순간 새로운 세상을 보게 되었다.

내려놓기로 마음먹은 꿈을 정확하게 정의하자면 12살 때쯤 장래 희망으로 품었던 '아나운서'이다. 어릴 적부터 TV에 나오는 멋진 아나운서가 되고 싶었다. "왜?"라고 묻는다면, 막연하긴 하지만 대답은 하나였다. "세상에 필요한 사람이 되고 싶어서."

그렇게, 20대 초반의 모든 시간을 아나운서 준비에 바쳤다. 지방의 이름 모를 방송사까지 더해서 100번이 넘는 지원과 100번이 넘는 탈락으로 설렘과 눈물과 좌절이 범벅된 3년이 흘렀고, 그 안에서 나는 끊임없이 헤매었다.

아는 사람은 알겠지만, 아나운서 준비는 비용이 꽤 많이 들어간다. 뒷말로 '꿈을 팔아먹는 장사'라고도 이야기할 정도다. 아끼고 아껴도 비정기적으로 들어가는 큰 비용과 서울 3사(K, M, S)의 몇 년에 한 번 뜨는 공채에서 1~2,000 대 1이라는 극악의 경쟁률을 뚫기 위해 버텨내는 건 쉽지 않았다.

힘들다고 징징대는 거냐고? 아니다. 나는 3년 6개월간 매일 꾸준하게 스터디를 진행했고, 주변의 인정과는 다르게 방송사 문턱에서 수없이 넘어져 무릎이 너덜너덜해졌다. 그럼에도 한 번도 힘들다고 생각해 본 적이 없었다. 이건, 내가 해야 하는 일이니까. 그 누구보다 재밌게, 잘할 수 있는 일이니까 말이다.

다만 내가 혼란스러웠던 것은 '정체성'이었다. 나의 목표인 서울 3사에 합격한 후, 나의 쓰임이었다. 이렇게 간절하게 준비하는 이유 중에 그 이후의 미래는 없었다. 그 알 수 없는 메슥거리는 느낌이 3년간 나를 불쑥불쑥 불안하게 만들었다. 답답한 안개 속에서 끊임없이 달려가는 기분이었다. 저 깊은 내면에서 자꾸만 속삭였다.

'지상파 아나운서가 되면 세상에 어떤 가치를 줄 수 있어?'
'오로지 너로서 뭘 할 수 있어?'

이 두 가지 질문이 순수한 열정을 끊임없이 가로막았다. 2021년은 이 질문에 대한 답을 찾기 위해

헤맨 한 해였다. 진심으로 고통스러웠다. 이건 나에게 가벼운 장래 희망, 있어 보이는 직업 정도가 아니었기 때문이다. 이 직업으로 인해 오래도록 행복하고 싶었다. 하지만 행복에 대한 확신이 없었다.

시간이 흐르니 감사하게도, 방송사에서 1, 2차 합격 소식을 종종 받았다. 방송사 아나운서라는 꿈에 다가가서 마냥 기뻤을까? 아니, 그 반대였다. 아이러니하게도 '나 진짜 회사 합격해버리면 어떡하지?' 하고 나의 내면이 속삭였다. 그러곤 뻔뻔하게도 이미 언제 회사를 그만둘지 고민하고 있는 내 모습을 발견했다. 이때 결심했다. 손에 쥐고 있는 것을 놓아야 새로운 것을 잡을 수 있다는 것을. 악수를 하려면 쥐고 있던 컵을 내려놓아야 한다. 인정하자. 우리는 대부분 한손잡이다. 나는 타이틀을 위한 시험을 내려놓고, '유어셀린'을 잡았다.

가장 불안정한 상황인 지금, 나는 가장 행복하다. 누구보다 나로서 살아가고 있기 때문이다. 유어셀린으로서 멋진 시간들을 만들어가고 있다. 하지만 그럼에도 오랜 꿈을 내려놓는다는 건 결코 쉬운 일은 아니었다. 12살부터 장장 십몇 년이 넘는 기간 동안 꿈꿔온 지상파 아나운서라는 꿈이 추억이 되는 듯했다. 그간의 처절하고 빛났던 노력들이 스쳐 지나갔다. 손에 꽉 쥐고 있던 시간이 길었던 터라, 힘을 빼서 놓아주는 게 더 힘들었다.

스스로에게 이 질문을 던질 타이밍이었다.
“너는 왜 아나운서가 되고 싶었어?”
이내 그 답을 할 수 있었다.
“의미 있는 이야기를 전하는 인플루언서가 되고 싶어서.”
그렇다면, 다시. 나에게 의미 있는 이야기는 무엇일까. 바로 내면의 영감이다.

정해진 이야기를 전달하는 아나운서(Announcer)가 아닌, 나의 이야기를 전하는 메신저(Messenger)가 되어야겠다.

결정을 굳혀가는 시간들이 반짝반짝 빛났던 이유는 성과가 아니다. 지치고 어렵더라도 나로서 자유롭게 헤엄쳤기 때문이다. 이제는 힘을 빼고 어릴 적 꿈을 놓아줄 수 있게 되었다. 내가 꿈을 꾸는 이유를 정확하게 알아냈다.

지금 이 순간에도 선택의 문 앞에 놓인 사람들이 있다. 꼭 큰 성과를 낸 분야만이 내려놓을 만한 무게를 가진 건 아니다. 이를테면 오랜 기간 나의 대의라고 여겼던 일에 쏟아부은 시간과 노력, 혹은 과거에 대한 집착이 될 수도 있겠다.

나를 지탱하거나 짓누르는 것을 내려놓는 일에도 힘이 필요하다. 새로운 것에 자꾸만 몸의 방향이 이끌린다면, 내가 머무르고 있는 것이 무거운 짐처럼 느껴지기도 한다. 힘을 주어 살포시 내려놓자. 그 짐을 챙겼던 시간은 영원히 자신에게 남아있다. '자신을 이루고 있던 1을 내려놓는 용기', 성장하고 싶은 사람에게 필요한 건, 바로 이것이다.

말을 예쁘게 하는 사람

말을 예쁘게 하는 사람들은 상대방에게 감정을 남긴다. 그 문장이 유독 아름답거나 고상해서가 아니다. 100명에게 들었던 흔한 문장도 유독 다르게 들리도록 만드는 한 사람이 있는 것이다. 고백하기 쑥스럽지만, 나는 말을 예쁘게 한다는 말을 종종 듣는다. 의도한 건 아니지만, 언제부터 말을 예쁘게 하게 되었는지를 돌이켜 보니 20대 초반 무렵부터였다.

그때 나는 이곳저곳에서 다양한 아르바이트를 했

다. 패밀리 레스토랑, 카페, 약국, 도서관 사서, 방탈출 카페, 문구점, 인테리어 영업, 대학생 과외, 입시 학원 상담, 국수 가게, 스터디 카페, 영어 강사 등 평일 저녁은 물론 주말에는 두 개의 아르바이트를 하기도 했다. 당시에는 생활비를 벌기 위함이었지만, 지나고 보니 이만한 세상 공부, 사람 공부가 없었다.

나는 사람들을 관찰하는 것을 좋아한다. 어떤 마음으로 왔는지, 어떤 일을 하고 있는지, 호기심 어린 눈으로 손님을 대하곤 했다. 그리고 수많은 사람 중, 기억에 남는 사람의 특징을 일기장에 기록했다. 그들의 말은 남달랐다. 서비스직은 대화로 시작해 대화로 진행된다. 여느 일이 그렇지만 사람이 있는 곳에는 다양한 사건들이 발생한다. 대부분은 오해와 실수가 원인이다. 이때, 같은 상황에서 어떤 말을 하느냐에 따라 공기가 달라진다는 것을 깨달았다. 벌써 몇 년이 흐른 일이지만, 그날의 감정이 여전히 남아있는 몇 가지 대화가 떠오른다.

카페에서 신메뉴가 나온 날이었다. 수많은 주문과 레시피들로 헷갈린 나머지 실수로 딸기 프라페 위 토핑을 잘못 얹게 되었고, 주문한 손님에게 말했다. "제가 토핑을 잘못 올려드렸는데, 다시 만들어드려도 괜찮을까요?" 여성 손님은 프라페를 한 번 바라보고는 "괜찮아요. 이게 더 예쁜데요? 잘 마실게요"라고 말하며 싱긋 웃었다. 분명한 실수였지만, 바쁜 알바생을 배려해주는 마음이 고스란히 느껴졌다.

이날은 약국에서 일을 하던 날이었다. 매주 주말, 근처 병원을 방문한 후에 처방전을 들고 오시는 할머님이 계셨다. 어느 날은 처방전을 건네며 말씀하셨다. "선생님 보니까 아픈 게 다 낫는 거 같어. 이제 그만 와도 될 것 같아." (데스크에 있다 보니, 나를 약

사라고 생각하는 분들이 많으셨다.) 엄연히 몸이 아픈 것이 낫는 일은 자신의 기쁨이다. 그 말을 듣는 순간, 할머님의 기쁨이 나의 기쁨이 되었다.

나눠줄 수 있는 마음을 한 칸씩 남겨놓는 사람들은 말속에 타인의 덕이 들어가 있다. 말을 예쁘게 하는 사람이 되고 싶다면, 같은 상황을 다른 태도로 대하는 여유가 필요하다. 오전 시간 가게를 나설 때 건네는 "오늘도 좋은 하루 보내세요!"라는 말이 누군가의 하루를 바꾼다. 누군가의 실수로 자신에게 해가 되는 일이 아니라면 너그럽게 관용하는 태도가 그릇을 보여준다.

모든 순간에 만나는 사람들을 '내 사람'처럼 대해보자. 결국 사소한 한마디로 누군가에게는 오래도록 기억에 남을 인상 깊은 사람이 될 수 있다.

나를 괴롭힌 건 비관이 아니라 낙관이었다

그동안 나를 성장하게 만든 에너지에 대해 생각해 보았다. 놀라운 건, 나를 힘들게 했던 건 비관이 아닌 낙관이었다. 굳이 말하자면 낙관보다 비관을 예찬한다. 보편적인 시선에 대한 다소 반항적인 이야기다. 이 글의 내용이 너무 솔직해서 불편하게 느껴질 수도 있지만, 그래도 사실이다. 나를 성장으로 이끄는 것은 비관, 다르게 말하면 분노였다고 확신한다.

나를 잘 아는 사람들은 다소 놀란 반응을 보일 수

도 있겠다. 평소 비관과는 거리가 먼 사람이며, 어두운 사람도 아니기 때문이다. 사석에서 만나게 된 사람들은 나에게 '부잣집에서 곱게 자란 첫째 딸' 같은 인상평을 남기기도 했다. 하지만 내가 살아온 인생은 그렇게 폭신하지 않았다. 나의 성숙함은 어릴 적부터 끊임없이 써 내려간 생각과 경험에 대한 결과다. 그렇다면 어두움을 숨기고 밝은 척을 한 거냐고? 아니다. 분노 에너지를 성장 에너지로 바꾸었을 뿐이다. 더해서 나의 밝음은 잃지 않으려 노력했다. 행복의 동력은 긍정, 성장의 동력은 분노다. 다만, 최근 자기계발이 유행하며 낙관을 행복해지는 방법으로 착각하는 사람들을 종종 보게 되었다.

"인생에서 사소한 감사함을 찾아라"라는 말은 어느 자기계발서에나 나오는 이야기다. 나 또한 사소한 행복을 자주 느끼는 사람이며, 당연하게 가진 것들을 낯설게 대하려 노력한다. 하지만, 긍정과 낙관을 착각해서는 안 된다. 누군가 나에게 했던 말 중, 여전히 납득이 되지 않는 말이 하나 있다.

"우리보다 더 힘든 사람들도 있잖아."

타인의 고통으로 위안받는 감사라니. 어떻게든 현실에서 감사함을 쟁취해내려 애쓰는 것만 같다. 그리고 불쾌하기도 하다. 이런 감정이 공감 능력인지 자격지심인지는 모르겠다. 하지만 더 대단한 누군가가 나를 보고 그런 생각을 한다면, 불쾌함을 넘어 분노가 일어날 듯하다.

이보다 설득력 있는 말을 찾아보자면, "우리보다 더 대단한 사람들이 있잖아"다. 나는 이 말에서 즐거움과 성장 에너지를 얻는다. 나는 나보다 대단한 성과를 내고 명예를 얻은 사람들을 보면 즐겁다. 내가 갈 길을 먼저 보여준 고마운 사람들이므로, 그들에게서 배울 점을 찾으려고 한다.

다시 한번 강조하지만, 현실을 긍정하는 것과 낙관하는 것을 혼동하지 않도록 주의해야 한다. 현실을 긍정하는 태도는 위기를 건강하게 헤쳐 나갈 수 있도록 만들어준다. 반면 현실을 낙관하는 태도는 위기를 알면서도 방관하게 된다. 일상에서 자주 일어나는 낙관으로는 "100만 유튜버는 저 사람이니까 된 거지. 나는 일반인인데 구독자 1,000명이면 대단한 거야", "월급 받는 게 최고야. 취업 못해서 안달인 사람들이 얼마나 많은데", "미라클 모닝 대단하다. 근데 나는 새벽에 노는 게 제일 재밌어. 일찍 일어나는 새가 피곤하지" 등이 있겠다.

후자는 절대 성장할 수 없다. 주변의 나보다 더 안 좋은 상황에 있는 사람들을 보며 "다들 힘들어. 나 정도는 나쁘지 않아"라고 안도하고 위로하기 때문이다. 성장하기 위해서는 분노와 긍정을 적절히 버무려야 한다. 나는 '안주하는 상태'를 경계한다. 불안정한 상황에서 가장 안정감을 느끼는 성장형 인간이기 때문이다. 그래서 아늑하고 모든 것이 다 갖추어져 있는 집을 나와 무계획 자취를 감행했고, 매달 월급이 나오는 일자리를 당장 그만두었다. 또 무지한 영역에 도전하고 성과가 나올 때까지 연구하기도 한다. 그렇게 나의 정원에 하나씩 씨앗을 뿌리고, 단단하게 자라나는 것들을 발견하고 가꾸는 것이다.

종종 주변 사람들에게 "불안하지 않아?"라는 질문을 받곤 한다. 그럴 때면, 나는 한결같이 답한다. "불안하지. 그런데 설레." 돌이켜 보면 늘 불안정한 상황을 만드는 것은 더 큰 성과를 이루기 위한, 가지지 못한 것들을 얻기 위한 분노 에너지였다. 이 분노 에너지를 설렘과 확신으로 승화시키는 것이 바로 긍정 에너지다.

자신에 대해 무언가 불안하거나 만족스럽지 않다면, 감정을 일으키는 비관을 무시하지 않는 것이 중요하다. 부정적인 에너지를 오히려 역이용하면 된다. 나는 성장이 모든 인간의 1순위 조건이라고 생각하지 않는다. 적은 돈에도 만족하고, 안정적인 생활에서 큰 행복을 느끼는 사람들도 있기 때문이다. 다만, 무언가 이루고자 하는 꿈이 있는 사람이라면, 자신의 분노와 긍정 에너지를 현명하게 다룰 줄 알아야 한다. 스스로에게 질문해 보기 바란다.

"당신은 낙관하고 있는가?"

진심이 묻어난 태도는 대체로 순간이다

‘사람의 결’은 ‘태도’로 만들어진다는 생각을 자주 한다. 사람은 사람을 마음으로 먼저 느낀다. 첫인상은 생각보다 지배적이다. 3초의 첫인상이라는 말이 있지 않은가. 새로운 사람을 만나게 되었을 때, 눈을 마주치는 첫 3초의 순간이 중요하다. 사람에게 느껴지는 좋은 기운이라 함은 대체로 미소를 띠고 있는 입, 곧은 눈빛과 척추, 여유로운 행동에서 나온다. 하지만 ‘사람의 결’은 첫인상으로 파악하기엔 조금 부족하다.

그렇다면 '결'이란 무엇일까. 한 사람에게서 풍기는 향기라고 말하고 싶다. 이는 오랜 시간 영글어진 그의 가치관과 말의 태도에 가깝다. 상대와 결이 잘 맞는다고 느껴질 때, 대화의 속도가 부드럽고 유쾌하게 지속된다. 일말의 불편함이 느껴지지 않는 상태인 것이다. 즉, 언제 봐도 편안함을 주는 사람이 나와 결이 비슷한 사람이다.

이 태도는 제아무리 연기를 잘하는 사람이라 하더라도 한계가 있기 마련이라, 꾸며내기 힘들다. 본인은 결코 완벽하게 파악할 수 없는 것이다. 상대의 빈 물 잔을 살피고는 물을 채워준다든지, 먼저 고개를 숙이고 배려하는 모습을 보인다든지, 장소를 고려해 신경 써서 깔끔한 옷을 입는다든지, 모임 자리에서 누군가가 무안함을 느끼지 않도록 센스를 발휘한다든지, 이런 사소한 태도들이 모여 한 사람의 결을 만드는 것이다.

사회생활을 하면 '매너'가 기본 베이스가 된다. 우호적인 인간관계를 위해서 인간은 매너를 학습한다. 하지만 학습에 진정성이 더해지지 않는다면 오히려 거부감을 만들어내기도 한다. 만들어진 태도는 눈에 금방 드러난다. 대체로 이러한 경우는 '상대를 아끼는 마음'보다는 '나를 아껴줬으면 하는 마음'이 원인이 될 때가 많다. 진정으로 상대를 위하는 마음은 채도가 높다.

그렇다고 사과를 반절로 뚝 쪼개듯이, 결이 부드러운 사람과 결이 거친 사람으로만 나누어지는 것은 아니다. 사람마다 가지고 있는 가치관과 색깔이 다를 뿐이다. 보다 행복한 시간들을 많이 만들고 싶다면, 나와 결이 비슷한 사람들을 많이 만나는 여행을 떠나야 한다. 언제 봐도 좋은 사람 말이다. 내가 그 사람의 행복을 진정으로 위하는 마음이 든다면, 놓치지 말자. 단순히 이성 간에만 적용되는 이야기가 아니다. 결이 맞는다는 기분 좋은 느낌을 주는 관계는 나이 차이가 많이 날 수도 있고, 나와는 아예 다른 세상을 살고 있는 사람일 수도 있다.

진심이 묻어난 태도는 대체로 순간이다. 그 순간이 모여 향기가 되고, 그 향기가 한 사람을 만든다.

나의 본질을 눈치채는 방법

계속해서 나의 모습을 떠올려보는 것과 그렇지 않은 삶은 깊이와 선택의 차이를 만든다. 하지만 대부분이 어려워한다. 나도 그랬다. 하지만 이 방법을 통해 나와 더 친해질 수 있었다. 나의 본질을 눈치채는 방법은 바로 인생에서 긍정적인 힌트를 많이 모으는 것이다. 다음의 세 가지 힌트를 통해 좀 더 '나'와 가까워질 수 있다.

첫 번째, 주변에서 많이 듣는 말

나를 둘러싸고 있는 다양한 사람들 혹은 그동안

만났던 사람들에게 종종 들어온 칭찬이나 질문을 떠올려보자. "물건을 깨끗하게 쓰시네요", "패션 센스가 정말 좋아요", "저도 맛집 추천 좀 해주세요", "어떤 운동 하세요?"와 같은 이런 사소한 말들이 사실은 자신을 나타내는 힌트가 된다. 순간적으로 떠오르는 질문들은 강력한 분위기에서 비롯되기 때문이다.

두 번째, 뿌듯함을 느꼈던 사건

뿌듯함이라는 감정은 굉장히 소중하다. 어떤 일을 해냈다고 해서 무조건 느껴지는 감정이 아니기 때문이다. 나의 행동이 낳은 어떠한 사건으로 인해 말로 형언할 수 없는 잔잔한 아드레날린이 온몸에 퍼지는 듯한 기분을 느꼈다면 그건 뿌듯함이다. '해냄'과는 조금 다르다. 오히려 '쓰임'에 더 가깝다. 어떤 부분에서 자신의 분명한 쓰임을 발견했는지 눈치챌 수 있다.

세 번째, 돈을 안 받아도 자발적으로 한 행동

눈에 보이는 대가를 바라지 않고 기꺼이 했던 일이 무엇인지 떠올려보자. 무언가를 바라지 않는 순간, 순수해진다. 모든 인간에게 순수한 영역은 존재한다. 이를 잘 활용하면, 재능이 된다. 나는 그중 하나가 콘텐츠를 만드는 일이었다. 얼마 전, 우연히 접속한 나의 팟캐스트 계정에 50개의 콘텐츠가 업로드되어있는 것을 보고 놀라지 않을 수 없었다. 무려 4년 전이었기 때문이다. 또 2년 전, 푹푹 찌는 한여름에 몸의 반절이나 되는 큰 조명 장비를 들고 다니며 인터뷰를 다녔던 적이 있다. 유튜브 콘텐츠를 제작하기 위해서였다. 나는 3년간, 4개의 유튜브 채널(브이로그, 오디오북, 인터뷰, 스피치)에 도전했다. 지금은 5번째 채널에 도전하는 중이다. 당장의 수익을 바라거나, 실패하는 것이 두려웠다면 시작하지 못했을 일들이다. 그저 만드는 과정 자체가 몇 날 밤을 새울 만큼 즐거웠을 뿐이다.

평생에 걸쳐도 나를 잘 모르는 것이 사람이다. 누군가 내게 대뜸 “어떤 걸 잘하세요?” 혹은 “뭘 좋아하세요?”라는 질문을 던졌을 때, 바로 대답하기란 어려운 일이다. 삶에서 의미를 찾고 싶다면, 나를 타자화하는 연습이 필요하다.

나는 의도적으로 내 삶을 영화감독의 태도로 바라본다. 감독은 주연 배우의 멋진 부분을 알고 있어야 한다. 주연 배우는 바로 나다. 감독은 주연 배우를 전략적으로 설정하여, 끊임없이 살펴야 한다. 마치 가장 사랑하는 배우를 대하듯 말이다.

우리는 모두 우아한 스쿠터를 타고 있다

약 1년간 공유 오피스를 사용하던 때였다. 한군데 가만히 앉아있지 못하는 나는, 건물 이곳저곳을 옮겨 다니는 건물 속 방랑자였다. 그래서 파란색 유니폼에 주황색 앞치마를 두른 청소 아주머니들과 자주 마주쳤고, 어느새 아주머니들의 눈썹 문신 리터치 소식과 이번 주에는 몇 층을 담당하는지도 알게 되었다. 그녀들의 일과는 누구보다 깔끔하고 부지런하게 흘러갔다.

하루는 1층 로비에서 키보드를 두드리다가 우연

히 창밖을 바라보았다. 통창 너머로 세워져 있는 스쿠터와 오토바이 중 유독 한 대가 눈에 들어왔다. 베이지색 바디에 브라운 가죽 시트가 얹어진 가장 우아하고 기품있는 스쿠터였다. 문득 홀리가 듯 생각했다. '저렇게 멋진 스쿠터는 누가 탈까?'

며칠 뒤 우연히 창밖을 바라보던 중, 깔끔하고 단정한 옷차림의 한 여성이 며칠 전 보았던 우아한 스쿠터에 묻은 먼지를 정성스럽게 닦고 있는 모습을 발견했다. 스쿠터의 주인을 목격한 것은 처음이었다. 나도 모르게 홀린 듯 쳐다보았다. 마침 먼지 청소를 마친 듯, 숙였던 몸을 일으키며 어깨가 닿을락 말락 한 풍성한 단발머리를 뒤로 넘긴 여성은, 바로 청소 아주머니였다. 마치 반전 드라마의 진짜 주인공을 알게 된 듯 동그래진 눈으로 쳐다보았다. 그녀는 머리를 털며 매트한 검정색 헬멧을 썼고, 이내 시야에서 사라졌다. 그녀와 스쿠터가 떠난 자리에는 눈치 보지 않는 매력이 남아있었다.

나다움을 찾고 싶다면, 눈치를 보지 않아야 한다. 눈치를 본다는 것이 얼마나 쓸데없냐 하면, 아무도 애쓰는 것을 알아주지 않는다는 것이다. 나의 취향을 타인의 시선에 기대는 순간, 기억되는 사람이 되기 어렵다. 사람들은 편한 대로 생각하는 동물이기 때문이다. 편한 생각은 뻔한 생각이다. 인정한다. 반전의 인물이라고 생각하며 눈이 동그래진 나조차 편한 대로 생각하는 사람이었다. 이런 뻔한 생각들에 속박되지 않는 매력을 갖자.

만약 대놓고 눈치를 주는 사람들이 있다면, 쉽게 생각하고 쉽게 평가하는 사람들에게 상처받을 가치도 없다. 그런 말은 잘못되었다며 구태여 꼬집을 필요도 없다. 남을 가혹하게 평가내리는 만큼 자신도 남들의 시선에서 속박된 삶을 살고 있을 것이다. 그는 충분히 괴로운 사람이다. 그러니 그런 사람들에게 내 기분의 온도계를 내어주지 말아야 한다. 행여 그들의 얕은 평가에 좋은 점수를 얻겠다며 가진 것을 부풀리거나 꾸밀 필요도 없다. 이미 그들이 생각하지 못할 멋진 것들을 쥐고 있으니 말이다. 우리는 모두 우아한 스쿠터를 타고 있다.

친구인데 존댓말 합니다

친구 사이에도 존댓말을 하는 사이가 있을까. 회사와 같은 비즈니스가 얽혀있는 상황이 아닌, 사적으로 꽤 친밀한 사이에서 말이다. 우리나라 말에는 독특한 문화가 있다. 바로 '반말 문화'다. 물론 대상에 따른 어투의 차이나 친밀함을 표현하는 단어는 언어마다 다양하게 존재할 테지만, 반말과 존댓말이 명확하게 나누어져 있는 나라는 극히 드물 것이다. 더 나아가 존댓말과 반말 사용의 적확함이 사회성을 판단하는 척도가 되는 나라는 우리나라가 거의 유일하지 않을까 싶다. (일본어까지는 포

함시켜야겠다.)

반말의 경우 친밀하지 않았던 관계에서 '친밀한 관계'로 넘어가는 척도의 순간이 되기도 한다. "저희 나이도 같은데 말 편하게 할까요?" 혹은 나이가 다른 상대에게 "우리 말 놓을까요?"라는 말을 누구나 한 번쯤 해봤거나 들어봤을 것이다. 언어의 관계 스위치를 탁, 하고 전환하는 순간이다. 그 순간 어색한 공기에 서로 머쓱한 웃음을 지으며 "그럼… 그럴까?"라는 답과 함께 관계의 재정립이 시작된다.

반말은 참 이상하다. 존댓말을 했던 상대와 반말을 주고받는 순간, 상대가 나를 조금 더 편안하게 느끼고 있다는 사실을 증명한다. 그래서 우리나라 사람들은 굳이 편안함을 느끼지 않는 상대나 적정한 거리를 두고 싶은 사람에게는 반말을 허용하지 않는다. 그런 상대가 제멋대로 반말을 선택할 때는 오히려 불쾌감을 느낀다. 반대로, 나를 가까운 사람이라고 여겨주길 바라는 상대가 절대로 말을 놓지 않겠다는 포지션을 취하면 약간의 서운함을 느끼기도 한다. 친밀한 사이로 발전하고 싶은 사람이 있다면, 빨리 말을 놓고 싶은 욕심이 생긴다. 일종의 애정을 기반으로 한 눈치 싸움이랄까. 나는 이런 문화가 우리나라 언어의 고정관념이자 인간관계 프레임이라고 생각했다.

연예계에서 대표 청담동 부부라고 불리며 '브로맨스'를 뽐내는 이들이 있다. 바로 이정재와 정우성이다. 이들은 동갑의 나이로 20년간 끈끈한 우정을 유지하고 있지만, 서로에게 존댓말을 사용한다고 한다. 예능프로그램인 〈유퀴즈 온 더 블럭〉에 출연한 이정재는 친구 사이에 존댓말을 해도 충분한 우정을 나눌 수 있으며, 오히려 서로에게 존중하는 태도가 만들어져 더 좋다고 말했다.

나는 이 점이 굉장히 흥미로웠다. 우리나라는 '나이가 같음 = 친구 = 말 놓기'라는 암묵적인 인간관계의 규칙 같은 게 있는데, 이들은 둘 중 누구도 "친구인데 말 편하게 할래요?"라는 언어의 전환을 하지 않은 것이다. 이정재는 "말을 놓을 타이밍을 놓쳤다"라고 했지만, 사실 친한 사이라면 당연하게 반말을 주고받아야 한다는 관계의 고정관념에서 벗어났기 때문에 가능한 일이라고 보았다.

존댓말은 깔때기다. 같은 말도 존댓말로 구사했을 때와 반말로 구사했을 때의 느낌이 달라진다. 끝에 '~입니다' 혹은 '~요'를 붙일 뿐인데 전체적인 말의 분위기를 점검하게 한다. 그래서인지 우리나라에서 '존댓말'의 반대말은 '막역함'처럼 느껴진다. 막역한 사이는 가벼운 이야기를 고민하지 않고 털어놓는 통로이지만, 때론 상처를 쉽게 주고받는 통로가 되기도 한다. 아무리 친밀한 사이에서도 적정한 거리가 존재해야 바람직하다. 그러나 이 거리를 허물없이 넘나드는 실수는 '막역함'을 무기로 정당화하기도 한다.

언어의 프레임에서 벗어나 보자. '존댓말'과 '막역함'이 반대말이 아니라면, 친한 친구임에도 오랜 기간 얼굴을 마주하며 존댓말을 주고받는 사이라면 어떨까. 친밀함은 유지한 채 서로에게 불편함을 줄 수 있는 언행들을 '존댓말'이 한 번 막아준다. "야" 혹은 "우성아"라는 반말이기에 가능한 부름을 내려놓고 "우성 씨"라고 부르는 것. 이는 결코 가까워지고 싶지 않아서 선택한 언어가 아니다. 서로를 아끼는 만큼 존중하고자 하는 마음이다. 오랜 부부 사이지만 여전히 존댓말을 유지하는 사람들도 있다.

건강하게 친밀한 관계를 만드는 유일한 방법이 '존댓말'이라는 이야기는 아니다. 반말을 구사하는 사이에서도 서로를 충분히 보호해줄 수 있다. 다만,

인생에서 의미 있을 만큼 친밀한 사이의 인간관계. 그 정도의 막역한 인간관계의 필수 통과 의례가 반말을 구사하는 것은 아니라는 것이다. 적어도 나이가 동갑이며 친밀한 두 사람이 반말을 하지 않는 것을 보고 '왜 존댓말을 하지?'라는 섣부른 판단은 하지 않기로 했다. 또한 일정 기간을 채우면 자연히 반말을 주고받아야 한다는 이상한 통과 의례를 자연스럽게 받아들이지 않아야 한다.

내가 상대방과 거리를 유지하는 것이 건강하다고 생각된다면, 상대의 반말 제의를 거절해도 괜찮다. 잘못된 것이 아니다. 존중하는 거리를 유지하고 싶은 마음을 덧붙여 설명해주면 되는 것이다.

다정함을 잃지 않는 사람

몇 년 전만 해도 '기가 세다'라는 말은 환영받지 못했다. 그러나 요즘은 당당함과 개성 있는 모습을 대신할 만큼 긍정적인 표현으로 자주 사용되곤 한다. 착하면서도 기가 센 사람이 되고 싶은 사람들이 많아진 이유는, 그만큼 기가 세지 못했을 때 겪는 일을 피하고 싶은 사람들이 많기 때문 아닐까.

그중 한 명이 나였다. 20대 초반의 나는 마냥 다정한 사람이었다. 거절이나 부정적인 표현을 하기 어려웠고, 그래서 남들의 기분을 살피려 더욱 노력했다. 사회에서 규정한 '착한 사람'의 표본이었다. 그런 내가 마음에 들지 않았다. 호의가 계속되면 권리인 줄 안다더니, 나의 다정함을 자신의 편의대로 무시하고 이용하는 사람들이 있었다. 그때마다 '다음에는 그러지 말아야지'라고 다짐했지만, 마음과 별개로 무참히 상처받는 나 자신을 혐오했었다.

함부로 다정하지 말자, 강해져야겠다, 차가워져야겠다고 다짐했다. 찌르면 피 한 방울 나오지 않을 것 같은 냉정함이 강한 자아의 필요조건이라고 생각했다. 지금이야 귀엽게 느껴지지만, 나름의 트레이닝도 했었다. 아무도 나를 모르는 장소나 사람이 많은 곳에 가면 더 고개를 빳빳이 들고 도도한 눈빛을 장착하려 애썼다. 무릎에 힘을 주어 일부러 강하게 걷기도 했다. 그 모습은 마치 생쥐가 고슴도치가 되려는 꼴이었다. 가시를 제 손으로 들어 자신의 몸에 푹푹 찌르는 것처럼 말이다. 상처가 나는 쪽은 상대가 아닌 오히려 나 자신이었다.

시간이 흐르고 많은 사람을 만나며 깨달았다. 강한 사람은 무적 같은 사람이 아니었다. 정말 강한 자아는, 일부 무례함을 무릅쓰는 세상에서 단호함을 곁들인 다정함을 유지하는 사람이었다. 다가가기 어려울 만큼 냉정한 사람은 그만큼 연약한 사람이었다. 자신을 보호하기 위해 만들어진 수많은 가시들이었다. 그들은 보이지 않는 곳에서 가시를 뽑아내야만 비로소 너그러워질 수 있는 것이었다. 대체로 화가 많은 사람들이 그랬다.

기가 센 사람은 예민한 사람이 아니다. 슬픔, 고통, 좌절에 빠져있는 상황에서도 자신을 믿고 웃음을 놓지 않는 사람이다. 남아있는 마음의 공간을 타인을 위해 쓸 줄 아는 사람이다. 나는 꼬부랑 할머니가 되어서도 다정함을 잃지 않는 우아한 어른이고 싶다.

나와 유쾌하게 지내는 방법

삶에서 행복이 자연스러운 사람들이 있다. 그런 이들이 때론 부럽다. 나는 종종 행복을 노력으로 얻으려 하기 때문이다. '오늘은 어떤 행복을 만들어 줄까', '이번 주말에는 어떤 재미난 일들을 만들어 볼까' 계산하고 주입한다. 마치 자판기처럼 말이다. 이것 또한 나쁘다고 생각하지는 않는다.

하지만 행복에 인색한 사람들은 종종 이를 쟁취하려는 경향이 있다. 이런 경우, 기대했던 행복 치에 도달하지 못하면 아쉬움을 낳는다. 그래, 과연 행복은 쟁취하는 것이 아니다. 자연히 스며드는 것이다.

행복이 자연스러운 사람 중 한 명인 친한 동생 유진과 식사를 하는 날이었다. 이 친구의 삶에서 행복은 너무도 당연한 것이다. 밥을 먹어도, 길을 걸어도 남들보다 자주, 그리고 크게 기뻐하는 사람. 앞자리에서 물끄러미 바라보기만 해도 기분이 좋아진다. 그런 유진에게 물었다. "늘 행복해 보여서 보는 내가 기분이 좋아진다니까. 혼자 있을 때 심심하지는 않아?" 유진의 대답은 의외였다. "언니, 나는 혼자 있으면 나를 웃겨줘."

혼자 살면 혼잣말이 는다는 말은 들었지만, 웃겨준다는 말은 왠지 낯설고 웃음이 나왔다. 유진은 말을 이었다.

"만약에 내가 혼자 요리를 하면, '오~ 실력이 많이

늘었는데요? 셰프가 누구죠?' 이러면서 혼자 놀아줘. 그러면 뿌듯하고 재밌잖아. 가끔 못 웃기면 '아, 이번에는 좀 아쉬운데요? 다음 기회에 도전하세요!' 이러면서…."

요즘은 대학원 기숙사에 들어가서 룸메이트가 생기는 바람에, 혼잣말을 많이 못해서 아쉽다며 한바탕 웃는 유진이었다. 그 말에 나도 웃고 말았다. 유진은 조용하고 유쾌하게 자신을 데리고 놀 줄 아는 사람이었다. 다르게 말하면, 삶의 모든 순간에서 행복을 스며들게 하는 사람인 것이다.

"언니, 혼자 살수록 내가 나를 웃겨줘야 해."

그녀의 말을 듣고 생각했다. 혼자인 시간은 오롯이 나에게 시선이 향해 있어야 하는구나. 집으로 돌아와, 사소한 것들에 대해 스스로를 칭찬해주기 시작했다. 혼자 있는 데에도 누군가 엿듣고선, '어며, 쟤 왜 저래!'라는 요상한 눈빛을 던질 것만 같았다. 어색한 혼잣말에 피식하고 머쓱한 웃음이 새어 나왔다. 아무렴 웃기는 데에는 성공한 듯하다. 나와 대화하는 것이 낯설게 느껴진다면, 한번 시도해보는 것을 추천한다.

우리는 왠지 모르게 스스로에게 책망하는 말들만 해왔을지도 모른다. 이를테면 "너 왜 이러는 거야?", "미쳤어?", "정신 안 차릴래?"와 같은 말들로 나를 공격하는 것이다. 삶에 행복이 스며드는 데 특별한 방법이 필요한 건 아니다. 내가 좋아하는 것을 만들어주고, 좋아하는 말을 들려주는 것. 굳이 말로 웃겨주지 않더라도, 모든 시간 속에서 가능하다. 누군가를 웃게 하는 일은 상대방을 애정하는 마음에서 나온다. 그러니 나를 가장 먼저 웃게 하는 사람도 내가 될 수 있다.

싫은 소리 잘하고 계세요?

흔들림 없는 단단한 삶을 만들어가고 싶다면, 싫은 소리를 잘하는 사람이 되어야 한다. 또한 인간이라면 누구나 '좋은 사람'이 되고 싶은 욕망이 있는데, 아이러니하게도 좋은 말만 하는 사람은 결코 좋은 사람이 될 수도, 나만의 삶을 지킬 수도 없다.

일례로 사회생활을 잘하는 사람들이 가진 특유의 서글서글함을 떠올려볼 수 있다. 만약 모두에게 사랑받고픈 욕망이 커져 자신의 감정까지 퇴색시킨 경우라면, 적절한 때에 표출되지 못하고 쌓인 부스러기 같은 감정들이 단단히 뭉쳐 목구멍을 턱 막아버리곤 한다. 그렇게 '나는 과연 어떤 사람인가' 라는 혼란을 겪게 된다. 이 선을 적절하게 조율하는 건, 참 어려운 일이다.

나로서는 모두에게 친절하게 대했지만 이를 존중해 주는 태도로 받아들이는 사람이 있는 반면, 당연하게 여기는 사람이 있기 마련이니까. 이때, '저 사람은 왜 나의 호의를 권리라고 여기지?'라는 생각과 함께 마음의 문을 걸어 닫는 경우가 있다. 조용히 멀어지는 건 자유다. 하지만 관계에서 주도권을 가져오는 것은 어렵다.

상대방이 자신을 낮추는 모습을 오히려 높게 바라보는 눈을 가진 사람들은 품위가 있다. 하지만 사실은 그렇지 못한 사람들이 대부분이다. 더 정확하게 말하면 그렇지 못한 상황들이 많다. 나 또한 상대의 배려를 완벽히 이해하지 못한 순간들이 한 번쯤은 있었을 거라 고백한다. 때문에 무작정 나의 권리를 알아주길 바라는 것도 욕심일 수 있다. 우리는 싫은 소리를 당당하게 할 줄 아는 사람이 되어야 한다. 무조건 좋은 사람, 좋은 웃음으로 포장하고 넘기려는 태도는 습관일 가능성이 높다.

나를 지키는 단단한 삶을 만들어가기 위해 가장 우선시 해야 할 것은 바로 '감정 존중'이다. 상황이나 상대의 태도로 인해 불쾌함을 느낀 순간, 감정보다 관계의 온전함에 완벽한 무게를 둔 적이 있는지 묻고 싶다. 이것이야말로 감정에 치우치지 않는 성숙한 태도가 아니냐 물을 수 있겠지만, 오히려 나의 상황과 불합리함을 느끼는 감정들을 젠틀하고 분명하게 전달하는 것이 상대에게 감사함을 불러올 수 있는 방법이다. 자신의 감정을 존중하지 않는 태도를 성숙함이라 착각하지 말자.

상상해보자. 누군가 당신에게 합리적인 이유로 불쾌한 감정을 느꼈다는 사실을 정돈된 문장으로 전달한다면, 어떤 기분이 들까? 가장 먼저 드는 감정은 '미안함'일 것이다. 혹은 '부끄러움'일 수도 있다. 당신이 상대에게 좋은 모습을 보이고 싶은 만큼, 상대도 모두에게 좋은 사람이고 싶은 욕망이 강렬한 건 마찬가지다. 그러니 상대방이 부정적인 감정을 단지 '분노'로만 느끼는 미성숙한 사람이 아니라면, 대개는 미안함과 부끄러움을 넘어 '고마움'을 표할 것이다. 부정적인 감정을 해명할 수 있는 기회를 준 것이기 때문이다. 또 한편으로는, 내가 걱정했던 것과 다른 상대방의 평온한 반응에 싱거움을 느낄지도 모른다.

부정적인 감정을 전달하는 것에 대해 두려워하지 말길 바란다. 말해야 안다. 물론 그럼에도 모든 배려를 무시하는 저렴한 인격을 가진 사람은 배제하고 말이다.

불안이라는 파도를 만났을 때

10살 즈음, 가족들과 남쪽 해수욕장에 놀러 간 적이 있다. 태양은 뜨거웠고 사람들은 물과 한 몸이 되어 있었다. 아빠는 나를 튜브에 태우고 점점 깊은 곳으로 데려갔다. 어느새 바닥에 발이 닿지 않자 자유와 위태로움을 느꼈다. 발가락을 동동거리며 즐거워했다. 그 순간, 심상치 않은 바람이 불어왔다. 처음에는 대수롭지 않게 여겼는데, 어느새 우리도 모르는 사이 파도 물살에 흘러 더 깊은 곳으로 들어가고 있었다. 바람은 더 거세졌고 빨간 모자를 쓴 안전요원들이 호루라기를 연신 불며 모두 밖으로 나오라는 몸짓을 보였다. 태풍이었다. 파도의 일렁임이 심상치 않다고 느끼는 순간, 이미 나는 멀리 왔음을 직감했다. 몸 뒤로 그늘이 일었다. 뒤를 돌아보려는 그 찰나에 높은 파도가 우리를 집어삼켰다. 사정없이 휘몰아쳤다. 살아야겠다는 생각뿐이었다. 뭍으로 나오는 순간 빨개진 눈과 코, 흔들리는 다리가 일방적인 사투를 보여주는 듯했다. 다시 바닷속을 겁 없이 들어가기까지는 꽤 오랜 시간이 필요했다.

불안이라는 존재도 마찬가지다. 순수한 열정을 가지고 시작한 일이나 내가 즐거움을 느끼는 일이라도 그것을 갖고 싶은 마음이 커지면 불안을 느끼게 된다. 더 좋은 것을 바라는 이상적인 마음이 변질되어 고민과 스트레스를 낳는다. 이때 몸에서 작은 신호들이 나타난다. 하지만 이를 대수롭지 않게 여기는 경우가 많다. 오히려 약해진 체력을 나무라기도 한다. 무방비 상태에서 갑작스럽게 덮치는 파도는 일상을 적신다. 이내 거대한 파도에 무력감을 느끼고 만다.

일상이 무너지는 것은 잘 맞춰놓은 큐브 조각을 누군가 한순간에 어질러놓은 것과 같다. 망가졌다면, 찬찬히 되돌려 놓아야 한다. 큐브를 각 칸에 맞는 색으로 다시 맞춰가야 하는 과정이다. 한꺼번에 맞추려고 조급할수록 혼란스럽다. 시간은 더 길어진다. 하나씩, 하나씩, 겉에서부터 맞춰가야 한다. 큐브를 맞추는 것은 일종의 룰이 있다고 한다. 어떠한 모양으로 어질러져 있어도 관통하는 규칙이 있는 것이다.

우리의 마음도 순서대로 맞춰가야 한다. 불안이 가라앉으면 우울이 남아있다. 우울이 가라앉으면 무기력이 남아있다. 무기력이 가라앉으면 비로소 의욕과 체력이 올라온다. 처음부터 완벽한 큐브의 모양을 만드는 것은 불가능하다. 하나씩, 나아가는 마음으로 삶을 대해야 한다. 이 과정에서 가장 안아주어야 하는 대상은 나 자신이다. "괜찮아. 잘하고 있어. 조금 더 나아지고 있어"라고 말하며, 나를 토닥여주자. 내가 나에게 들려주는 말은, 타인이 나에게 들려주는 것 이상으로 힘이 있다고 한다. 오늘의 파도를 잘 보낸 나에게 말하자.

"오늘도 잘했어."

중요한 것을 놓치지 않는 삶

약속 장소로 이동하기 위해 지하철을 타러 가던 중 우연히 지하철 내부 전광판에서 키크니 작가님의 문장을 마주하게 되었다.

"아무리 1, 2(일이) 중요해도 3(삶)보다 크지 않다."

가히 명언이다. '일중독'을 겪어본 사람은 알 것이다. 일에 치여 삶에서 중요한 것이 무엇인지 분간이 되지 않는 순간이 온다면, 일중독을 의심해봐야 한다. 본격적으로 스피치 컨설팅 사업을 시작했을 당시, 나는 스스로를 극한으로 몰아넣었다. 불안정한 프리랜서 아나운서 일과 별개로 고정 생활비를 책임지던 영어 강사 일을 그만두고 자취를 결심했다. 부모님께는 2주 뒤 집을 나가게 되었다고 일방적인 통보를 했고, 혹시 집에 들어가고 싶어질까 봐 서울 안에서도 본가와 가장 먼 동네를 골랐다. 보증금을 해결하니 월세가 부족했는데, 다행히 월세는 후불이었다.

자취는 숨만 쉬어도 돈이 나가다더니, 사실이었다. 입주 당시만 해도 '굶어 죽지 않으려면 미래의 내가 뭐라도 하겠지'라는 투지로 시작했는데, 자취의 로망은 딱 3일간 유효했다. 자취방은 잠만 자는 숙소였다. 과로로 근육 파열이 오기도 하고, 난생처음 검은색 소변을 보기도 했다. 또 마음대로 굴러가지 않는 일들에 한 번씩 서러운 눈물을 쏟기도 했고, 꼭대기를 찍고 말겠다는 마음으로 선택했던 고층 오피스텔로 향하는 엘리베이터에서 숨이 턱 막히기도 했다.

K—장녀라는 요상한 타이틀을 가진 여성들은 공감할 것이다. 이들은 아무리 힘들어도 부모님께는 말을 못 한다. 그런데 엄마는 알았나 보다. 감정을 감추려 괜히 더 툴툴거리는 딸에게 전화기 너머로 걱정하는 목소리를 전했다.

"가끔은 주변도 둘러보고 해. 앞만 보다 넘어진다이. 알았지?"

당시 나의 컨설팅 고객이었던 소프트웨어 회사 대표님이 계셨다. 나와 비슷한 나이에 사업을 시작하여 지금은 매출 200억이 넘는 규모 있는 회사를 운영하는 중이시다. 문득, 내가 잘하고 있는지 확인받고 싶은 마음에 질문을 청했다.

"대표님, 혹시 처음 사업하실 때 불안하지 않으셨

어요? 어떻게 버티셨어요?"

대표님은 미소를 띤 표정으로 "당연히 불안하죠. 그냥 버티는 거지. 근데 지금 가져가야 할 게 딱 세 가지가 보여요"라고 말씀하셨다. 사업에 있어 도움이 될 만한 이야기가 세 가지나 있다니! 서둘러 펜과 종이를 꺼내 들었다. 이어지는 대표님의 말을 듣고 나는 펜을 멈추었다.

"첫 번째는 건강입니다. 운동은 빼먹지 말고 하세요. 몸이 건강해야 마음이 든든해져요. 저는 아직도 해외 일정을 제외하고, 매일 PT는 무조건 받아요. 운동은 규칙적으로 노력해서 해야 버틸 수 있는 힘이 생기는 거거든요. 집에 돌아오면 따뜻한 물에 반신욕도 하고."

"두 번째는 자존감이에요. 나를 지키는 마음이 있으면, 남의 말에 쉽게 휘둘리지 않아요. 세상에 나한테 좋은 기회들이 곳곳에 숨어있거든요. 자존감이 높으면 이런 것들이 잘 보여요. 그런데 자존감이 없으면, 보여지는 것들에만 혹해서 중요한 것을 놓치게 되죠."

"세 번째는 여유가 있어야 해요. 조급하면 안 돼요. 여유가 없으면, 운을 놓치게 되거든요. 젊을수록 착각하는 게 하나 있어요. 성공은 쥐어짜듯이 산다고 만들어지는 게 아니에요. 삶에서 운을 만들어야 성공할 수 있어요. 적절한 시기와 사람을 보는 눈이 있으면 인연이라는 게 만들어져요. 인연을 통해서 운이 만들어지는 경우가 많죠. 그러니까 여유가 있어야 해요."

대표님의 지혜는 나에게 충격이었다. 일중독에 빠져있던 내가 놓치고 있던 완벽한 세 가지였다. 잠시 정적에 잠겨있던 나는 "대표님, 여유는 어떻게 만들 수 있나요?"라는 조금은 유치한 질문을 간절하게 던졌다.

"허허. 글쎄요. 사람마다 다르겠지요. 하지만 욕심을 부리면 안 돼요. 과하게 욕심부리는 순간 중요한 것들을 놓치게 되니까요. 중요한 사람들도 놓치고…. 욕심부리지 않고 당장 오늘 하루에 집중하다 보면, 시간이 흘러서 적절한 운을 만나게 될 거예요. 스스로를 믿으세요. 다 잘 될 거예요."

3장

오늘의 날씨 맑음

막 유치원에 들어갔을 무렵, 첫 숙제는 그림일기였다. 대략 B4 정도 되는 크기의 일기장에 한 면에는 그림을, 한 면에는 한 칸에 한 글자씩 반듯하게 적어 내려갔다. 그리고 한편에 '오늘의 날씨'를 적는 곳이 있었다. 일기장에 따라 조금씩 아이콘은 달랐지만, 보통은 해, 구름, 비, 번개가 그려져 있었다. 그중에 오늘의 날씨를 동그라미 치고 자세한 날씨를 적을 수 있는 칸이 따로 있었다.

아이들의 세상에서 날씨는 중요한 이슈다. 해가 뜨

는 날은 놀이터에 나가 놀 수 있고, 비가 오는 날은 장화를 신고 찰박거릴 수 있다. 또 흐린 날에는 비를 기다릴 수 있고, 번개가 치는 날에는 천둥소리를 기다릴 수 있다. 일상의 단어에도 날씨 의성어가 많다. 소나기가 주룩주룩, 구름이 뭉게뭉게, 해가 쨍쨍. 낮과 밤을 알려주는 항성과 행성에도 해님과 달님 같은 애칭을 붙여준다. 나는 유독 날씨를 정성껏 대했다.

초등학생이 되어 학년이 조금씩 올라갈수록, 일기장의 줄 간격은 좁아졌다. 왼편의 그림 칸은 사라진 지 오래였고, 자그마한 날씨 칸도 사라졌음에도 어느샌가 내게 있어 일기에 날씨를 적는 건은 당연한 일이 되어 있었다. 그래서 따로 날씨 칸을 만들어 일기에 적었다.

어린 눈으로 바라본 그날의 날씨는, 그 하루를 온전히 날씨의 흐름에 맡기는 듯 느껴졌다. 한편으론 날씨에 휘둘리지 않으려는 현재의 모습과 대비되었다. 어른이라 불리는 나이가 되어서도 여전히 날씨에 따라 미세하게 기분이 바뀌지만, 자랄수록 날씨에 지지 않으려 스스로가 둔감해지길 택한 건 아닐까. 애써 날씨가 좋은 날엔 기분에 휩쓸려 무언가를 잊지 않으려 현재를 되새긴다. 흐린 날에는 마음의 조도가 낮아져도 그 나름의 매력을 찾아보려 한다. 그런 날에도 기분이 좋을 수 있다는 걸 반증하려 애써 노력하는 것이다.

왜 어른들의 다이어리에는 날씨 칸이 없을까. '날씨 따위는 중요하지 않아! 중요한 건 네가 하루를 알차게 보냈는지에 달려있다고!'라는 암묵적인 자본주의적 시그널을 보내는 걸까. 날씨 칸이 있다면 심심한 어른들도 조금은 하루의 공기를 되돌아보지 않을까 하는 유치한 생각을 해본다. 그렇다고 날씨에 대한 집착적 기록은 하지 않으려 한다. 어린 시절의 마음을 탐내도 이미 지금은 가질 수 없는 것이 되어버렸으니까.

변화하는 날씨의 흐름이 이제는 시간의 흐름으로 직결되어 다가온다. '올해도 흘러가고 있구나' 혹은 '벌써 여름이 온다고?' 같은 생각들 말이다. 갑작스럽지만 그래서 어머니들이 꽃을 좋아하나 보다. 다시 보려면 오랜 시간이 흘러야 한다는 소중함을 알기에. 요즘은 나도 휴대폰 사진첩에 꽃 사진이 많아졌다.

1년에 한 번 정도, 대부분 그해의 끝자락 언저리엔 어렸을 적 일기를 꺼내 보곤 한다. 약간의 강제성이 동반되어 꾸준히 기록한 그 시절 일기들을 보며, 귀찮았던 일기 쓰기 숙제가 고맙게 느껴진다. 그럼에도 글쓰기를 퍽 싫어하는 아이는 아니었던 것 같다. 어린 생각들만 가득 차 있을 것 같은 일기장엔 이따금 빨리 철들어버린 문장들이 등장했다. 차마 표현하지 못하고 삼켰던 말들과 감정들이 고스란히 담겨있다. 지금 보면 별일 아닌 문제들이겠지만, 일기장에 적힌 사건들은 그 당시의 작은 몸집으로 세상을 차지하는 고민이었을 테다.

연필에 힘이 한껏 들어간 엄지와 검지를 대고 써 내려갔을 20년 전과 지금의 일기장을 대하는 태도는 크게 달라지지 않은 듯하다. 약간의 의무감과 압박감에 일기장을 펴고, 막상 쓰기 시작하면 속이 후련할 때까지 펜을 놓지 않는다. 그저 글씨를 써 내려가는 속도가 조금 빨라졌을 뿐이다. 지금 나의 글자들도 20년이 흐른 뒤, 추억에 빠져 펼쳐 본다면 순간의 귀여운 고민들이라 여기겠지. 그렇게 생각하니, 조금은 편안한 마음이 들었다.

일상에 예민해져야 하는 이유

바쁘다 바빠 현대인들에게 고한다. 우리는 일상에 예민해질 필요가 있다. 내가 말하는 '예민'이라 함은 불편에 대해 피부를 뾰족하게 세우는 것이 아니라, 무던해져 버린 표정과 감정들을 민감하게 만들자는 것이다. 당연한 것을 결코 당연하지 않게 여기는 것은 어렵다. 하지만 스쳐 지나가는 시간에서 일어나는 일들을 조금은 다른 눈으로 바라보는 연습을 해야 한다. 비록 어제도 일어난 일이었고, 내일도 일어날 일일지라도. 일상을 예민하게 느끼기 시작하면, 같은 것을 경험하더라도 느낌의 폭이 달라지고 인생의 풍요로움 또한 달라질 것이다.

며칠째 날이 흐리기를 반복했다. 기분이 꿀꿀해지려는 찰나, 이전에 어디선가 들었던 말이 떠올랐다.

"'날씨 좋다'라고 하지 마세요. 안 좋은 날씨는 없어요. 날씨는 있는 그대로고, 흐린 날도 내 상태가 좋으면 좋은 날이죠."

이 말을 여러 번 곱씹어보니 맞다. 흐린 날도 내가 좋은 날이면, 좋은 날씨다. 좋게 생각하면 햇빛이 넘쳐 눈이 따갑지도 않고, 비가 퍼붓지 않아서 옷이 젖지도 않는다.

인터넷에서 떠도는 연예인 김종민의 짤을 우연히 보게 되었다. 그는 시골 할머님이 끓여주신 청국장을 먹고서 이렇게 말했다. "아~ 시원하고, 따뜻해요!" 그 자리에 함께한 주변 사람들은 대체 그게 무슨 말이냐며 웃었고, 나 역시도 웃고 말았다. 한국말은 참 신기하고 해학적이다. 그런데 따지고 보면, 청국장의 얼큰함을 표현하는 시원함과 온도의 따뜻함은 다른 의미이지 않나. 말이 이상하고 안 이상하고를 떠나서 있는 그대로의 정확한 표현이 아닌가 싶었다.

나는 늘 버스를 탈 때면 버스 기사님들을 바라보며 생각에 잠기곤 한다. 늘 같은 길을 운전하는 기사님들은 어떨까. 지루함에 피곤하시진 않을까. 도로에서 화내지 않으면 부처라는데, 늘 그 위에서 일을 하는 건 나름의 정신 노동이지 않을까, 하는 걱정도 해본다. 보통의 기사님들은 묵묵히 운전에 집중하며 때에 맞춰 앞문과 뒷문을 열어주신다. 그날은 손님마다 눈을 맞추며 인사를 건네시는 기사님을 만났다.

"안녕하세요. 어서 오세요. 손잡이 잘 잡으세요!"

순간 대중교통이 아닌 하나의 공간처럼 느껴졌다. 그런 인사를 받은 손님들은 뒷문으로 내리며 "감사합니다", "안녕히 계세요", "수고하세요"와 같은 인사로 답했다. 상황은 잘못이 없다. 오고 가는 마음이 사람에 대한 기억을 만들 뿐이다. 또한 일상을 예민하게 바라볼수록, 같은 시간 안에서도 좀 더 값진 것들을 얻을 수 있다.

기분 편지가 도착했습니다

기분은 매일 아침 배달되는 편지와도 같다. 오늘 아침은 착 하고 커튼을 열듯 가벼이 눈꺼풀이 떠졌을 수도, 지난밤 께름칙한 악몽을 꾸었을 수도, 애써 무시했던 감정들이 옷자락에 물감이 스며들듯 퍼져나갔을 수도 있다. 이처럼 우리는 다양한 온도로 하루를 시작하게 된다. 하지만 정작 그 기분의 이유는 따져보지 않는 경우가 많다. 그저 어제와 비슷한 듯 다른 하루를 버텨내듯 보내고 있지는 않은지 묻고 싶다. 기분이 안 좋다면 안 좋은 대로, 좋으면 좋은 대로 말이다.

기분이란 건, 곧 감정의 기후를 의미한다. 날씨처럼 나의 의지대로 되는 것이 아니다. 하지만 다행인 건, 이를 지혜롭게 관리할 수 있다는 것이다. 안 좋은 날의 기준은 내가 만든 것뿐이다. 기분을 선택할 수는 없지만, 다르게 대할 수는 있다는 말이다. 기분에 복종하는 삶은 거두어야 한다.

매일의 하루는 분명하게 다르다. 어떤 인문학자는 수면을 '죽음'으로 표현하기도 한다. 모든 것은 죽음과 탄생으로 반복된다. 우리는 매일 밤 짧은 죽음을 지나 새로운 탄생인 아침을 맞이한다. 어제의 하루를 잘 개어두고, 오늘의 새로운 하루를 행복하게 조각하는 것이, 보다 이로운 삶을 만드는 법이다. 부지런하게 나의 기분을 관리할수록 더 크고 단단한 행복의 파이가 만들어진다.

지혜롭게 기분을 관리하는 첫 번째 방법은, 기분의 모양을 떠올리는 것이다.

자, 오늘 당신의 기분은 어떤 모양인가? 정답은 각자에게 있다. 몽글몽글한 구름 모양, 찝찝하게 엉겨 붙은 머리카락 모양, 가지런히 정리된 접시 모양일 수도 있다. 그러한 모양이 생겨난 이유를 찬찬히 떠올려보자. 앞서 언급했듯이 기분은 기후와도 같아서 내 의지대로 고를 수는 없지만, 이유 없는 기분은 없다. 모든 것은 시간의 총합에 대한 결과물이다. 다만 그 시간이 찰나일 수도, 혹은 인지하지 못할 만큼 길었을 수도 있다.

두 번째는 '기분 편지가 배달된 이유를 스스로 아는 것'이다.
기분이 좋다면, '왜 기분이 좋지?'라고 생각해 보자. 어젯밤 친구와 나눴던 대화가 자존감을 올려주었는지, 오늘 기대되는 일이 있는지 말이다. 이유를 찾았다면 이러한 기분 편지를 배달받은 것에 대해 감사해하며, 행복한 기운을 만끽하자. 에너지는 비슷한 에너지를 끌어오기 마련이다.

반대로 기분이 안 좋다면, '왜 기분이 안 좋지?'라고 골똘히 생각해 보아야 한다. 사실 우리가 잘 관리해야 하는 감정은 부정적인 감정이 대부분이다. 그저 나쁘기만 한 기분을 저항 없이 받아들인다면, 하루의 다양한 일들을 망치게 될 수 있기 때문이다. 부정적인 기분일수록 최대한 구체적으로 그 이유를 알아내야 한다. 이유를 찾았다면 감정과 사건을 분리하자. 나라는 자아를 제외하고 상황만을 바라보는 것이다. 왜 그러한 일이 일어났는지, 내가 지금 해결할 수 있는 일이 무엇인지 생각한 뒤, 순서대로 정리해보자.

부정적인 기분이 강할수록, 통제할 수 있는 일이 아닌 경우가 많다. 상황은 이미 벌어진 것이다. 부정적인 기분 자체를 받아들이기 전에, 상황을 인정하자.

다음으로 우리가 해야 할 일은 사소한 긍정들을

모아가는 것이다. 사소하고 귀여운 행복들을 나에게 선물하자. 이 두 가지 연습을 반복하면 감정에 지지 않는 단단한 하루를 보낼 수 있을 것이다.

왜 큰딸들은 엄마에게 툭툭거릴까

엄마에게도 엄마가 있다는 사실을 종종 새롭게 깨닫는다. 할머니는 어린 내게 말하셨다. 엄마 힘들게 하지 말고 말 잘 들으라고. 성인이 된 지금은, 돈 많이 벌어서 엄마를 잘 챙겨달라고. 너무도 안일한 생각이지만, 엄마는 처음부터 엄마였다는 바보 같은 착각을 하곤 한다. 여든이 넘으신 할머니에게는 아직도 세상으로부터 지켜주고픈 안쓰러운, 어린 딸이다.

가족 간에는 다양한 관계들이 존재한다. 그중에서

참 애틋하고도 미안한 관계는 과연 모녀 사이가 아닐까 싶다. 나는 왜 아직도 엄마에게 툭툭댈까. 이제 나이도 먹었으니 조금 더 부드럽고 사랑스럽게 대화를 만들어가고 싶은데, 그게 참 어렵다. 바깥에서 일과 사람에 지쳐 돌아와 멍하니 있으면 엄마가 묻곤 하신다. 밥은 먹었는지, 오늘은 어디에 갔다 왔는지, 이건 어떻게 하는 건지. 그럴 때면 피곤한 탓에 간신히 짧은 답을 하고 마는데, 그러곤 매번 후회한다. 엄마에게 조금 더 다정하게 대할 순 없는 건가. 친구가 물어봤다면 이렇게 답하진 않았을 텐데.

바른 큰딸로 자라온 나는 어딘가 엄마와 어색한 거리가 있다. 물론 가장 사랑하는 존재이지만, 왠지 얼굴을 비비기에는 낯간지럽고, 사랑한다고 말하기에는 입이 떨어지지 않는다. 처음에는 내가 문제일까 하는 생각이 있었지만 어쩌면 대한민국의 장녀로 자라온 딸들의 특성이라는 걸 알게 되었다. 어릴 적으로 돌아가 보자.

첫째 딸을 자신의 분신으로 여겼던 엄마는 어린 딸에게 힘든 감정을 모두 쏟아낸다. 그게 남편에 대한 불만이든, 일에 대한 고단함이든 말이다. 어릴 적부터 큰딸은 가족을 책임져야겠다는 마음을 갖게 된다. 부모님이 맞벌이라면 더욱이 이 가정의 가장처럼 여겨지기도 한다. 바쁜 부모님을 대신해 동생들을 챙기고, 먹인다. 일상에서 사소한 문제들을 스스로 판단하는 데 익숙해진다. 가끔 벌어지는 부모님의 말다툼에서 살아남기 위해 눈치가 빨라진다. 자연스럽게 같은 여성인 엄마를 '기대는 존재'보다 '챙기고픈 존재'로 인식한다.

그래서 큰딸들은 누군가에게 기대는 것을 두려워한다. 나의 약한 모습을 드러내는 것이 곧 단단하지 않음을 증명하는 꼴이 되는 것이다. 사랑하는 사람에게 부정적인 감정을 드러내는 것이 어색하다. 특히나 엄마에게는 말이다. 엄마가 세상 누구보다 안온한 인생을 살기를 바란다. 힘들지 않기를 바란다. 그러면서 왜 매번 툭툭대는 어리숙한 행동을 하게 되는지는 나도 영 모르겠다.

한 프로그램에서 뇌과학자인 정재승 교수는 출연자들에게 이렇게 물었다. "본인이 가장 화를 자주 내는 대상이 누구인가요?" 그러자 모두가 약속이라도 한 듯 한 인물을 떠올렸다. 바로 엄마였다. 이에 정재승 교수는 이러한 현상에 대해 다음과 같이 설명했다.

"우리 뇌에서 나를 생각하는 뇌가 있어요. '나'를 인지하는 뇌 영역이 있는 거예요. 그리고 타인을 인지하는 뇌 영역도 있죠. 그런데 희한한 것은 나와 가까운 관계일수록 그 사람이 나를 인지하는 영역에 가깝게 저장되어 있어요. 나와 엄마를 동일시하는 거예요. 그래서 내 마음대로 통제하고 싶어 합니다. 너무 사랑해서 내 마음대로 통제되지 않으면 불같이 화가 나는 거예요."

엄마가 피곤한 나에게 말을 거는 행위를 '안쓰러운 마음으로 챙겨주는 것'으로 인지하는 것이 아니라 '피곤한 상황을 이해하지 못하는 것'으로 인지하는 것이다. 다른 상황들도 마찬가지일 것이다. 그리고 마지막으로 덧붙인 정재승 교수의 말이 나의 마음을 파고들었다.

"그래서 드리고 싶은 이야기는, 어른이 된다는 건 내 마음대로 사람을 세상을 통제할 수 없다는 것을 무기력감 없이 받아들이는 과정이라는 거예요. 어쩌면 그것이 진짜 사랑이죠."

고민을 가볍게 들어주는 사람

온통 불안에 휩싸여서 손톱을 자르는 일도 버거운 순간들이 찾아오곤 한다. 미세먼지처럼 뿌연 공기가 온몸을 감싸고 앞을 가로막는 느낌. 사람은 어떠한 상황이 발생하면, 가장 먼저 이유를 찾으려 노력한다. 그 원인은 보통 미래와 현재의 괴리 혹은 보이지 않는 두려운 존재로부터 시작된다.

대체로, 이 정도의 불안을 앓고 있는 사람들은 주변 사람들에게 잘 털어놓지 못하는 경우가 많다. 맴돌고 있는 뿌연 생각들이 축적되었을 때 빠르게 온몸으로 변질되기 때문이다. 이럴 때는 가급적 빠른 시일 안에 몸 밖으로 뽑아내듯 쏟아내야만 한다. 의외로 막상 꺼내 보면 별일이 아닌 경우가 많다. 특히 고민을 가볍게 만들어주는 사람을 만난다면, 허무하리만큼 쉽게 부정적인 감정이 증발될 것이다.

나 또한 막연한 불안을 겪을 때면, 나보다 한 발 더 앞서가고 있는 사람 혹은 이 일을 겪어봤을 만한 사람을 찾아가곤 한다. 사실 고민을 꺼내어 놓는 행위는 나에게 큰 용기가 필요하다. 부정적인 감정을 대하는 건 늘 서툴기 때문이다. 그럼에도 용기 내어 그들에게 고민을 털어놓는다. 그러면 그들은 '이제 내 생각이 궁금한 거지?'라는 듯 미소를 짓는다. 그러곤 당신의 경험이 낳은 지혜를 들려준다. 그 해결책은 내가 혼자서 머리를 싸매고 우울에 빠졌을 땐 바라보지 못했던 시선인 경우가 많다. 이내 고민의 무게는 조금씩 사라지게 된다.

만약 무거운 고민으로 인해 불안을 앓고 있다면, 먼저 경험한 사람들을 찾아가는 용기가 필요하다. 혼자 모든 짐을 끌어안으려 애쓰지 말자. 그건 세상을 다 아는 척하는 사람들이 저지르는 일종의 자만일지도 모른다. 주변에서 만날 수 있는 사람이라면 문을 두드리고, 실제 만날 수 없는 사람이라면 그들의 책이나 영상을 통해 만나도 좋다.

처음 만나는 세상에서 처음 겪는 일에 강할 수 없는 건 당연한 일이다. 이를 인정하고 고민을 가볍게 만들어줄 사람들을 찾고 의지하는 게 중요하다.

삶의 균형을 찾아간다는 것

나는 자주 나 자신에게 묻곤 한다. '어떻게 살아야 잘 살 수 있을까.' 스스로 잘하고 있다고 여길 때도, 잠시 길을 잃은 것 같다고 느낄 때도 불시에 방문하는 질문이다. 후자에 가까운 날, 같은 질문을 스스로에게 던지던 차에 인스타그램 속 게시글 하나를 발견했다.

"오늘 밤 8시 북토크 1자리 남았습니다. 오셔서 같이 이야기 나눠요."

평소 팔로우하던 예술가 부부의 북토크 소식이었다. 영화감독인 남편과 작가이자 가수인 아내가 함께 책을 출간했다고 한다. 사실 어떤 책을 썼는지 어떤 이야기를 하는지도 몰랐지만, 왠지 몸을 움직여야 할 것 같았다.

장소는 안국동의 아담한 한옥이었다. 아담한 한옥의 한구석 방에 7명 정도가 모였다. 이렇게 오손도손한 북토크는 처음이라 가깝게 느껴지는 온도가 낯설면서도 새로운 기분이 들어 울렁였다. 고즈넉한 방 한 칸에 옹기종기 모여 앉았다.

잠시 이야기를 나누고, 1시간 동안 한옥 곳곳에서 각자 책을 읽었다. 나는 침대 한쪽 모서리에 자리를 잡고 앉았다. 그때야 그들이 펴낸 책을 살펴볼 수 있었다. 1년간 제주살이를 하며 차곡차곡 쌓아온 두 사람의 이야기와 사진을 엮은 책이었다. 이후 다시 모여 책에 대한 저자의 이야기 그리고 기타 연주를 들었다.

그들의 이야기는 흥미로웠다. 나는 예술가들의 예민한 시선을 사랑한다. 단순히 제주 여행을 즐기는 것이 아닌, 그 과정에서 그들이 삶에 던지는 질문들이 흥미로웠다. 그들은 제주에서 일어났던 소소한 일들을 한 페이지씩 꺼내어 들려주었는데, 마치 그 순간에 함께 있는 듯했다. 그 오묘한 느낌을 표현하자면 내가 갔던 다양한 북토크들 중 유일하게 모닥불 향이 났다. 그들의 이야기에서 멀리서 강렬한 에너지를 뿜어내는 것이 아닌, 손에 닿을 듯한 거리에서 온전히 느껴지는 장작 타는 소리와 모닥불의 향이 있었다.

두 사람의 이야기가 끝난 뒤, 질문을 하는 기회가 생겨 물었다.

"1년간 제주에 살고 서울로 돌아온 후에 삶의 균

형을 유지하는 법을 찾으셨나요?"

그들은 어떤 질문도 섣부르게 답하지 않았다. 잠시 고민하는 듯 긴 정적이 지난 뒤 대답했다.

"저희가 늘 노래하고 여행하면서 느긋하게 사는 것처럼 보인다는 걸 알고 있어요. 그래서 쟤들은 금수저인가 보다 생각하는 분들도 있고. (웃음) 그런데 삶을 유지하기 위해서 정말 치열하게 살았어요. 하고 싶은 시간들을 위해서 하기 싫은 일들도 많이 해야 했고. 사실 그 치열함에 질려서 서울을 도망친 거예요. 제주에 여행 갔을 때 느꼈던 자연과 여유가 좋았거든요. 그런데, 제주에서 막상 살아보니까 한 가지 깨달은 게 있어요. 제주에서 보고 싶었던 여유로운 모습들이, 그들에게는 어마어마한 치열함이더라고요. 제주는 사모작을 해요. 하나의 논밭에서 1년에 네 번 농사를 짓는 거죠. 매일매일 때에 맞춰서 해야 할 일들이 넘쳐나고,

그 일들을 모두 했다고 해도 날씨가 한 번 망쳐놓으면 처음부터 다시 해야 하죠. 제주의 해녀분들은 나이가 7~80이 됐는데도 얼음장 같은 바닷속에서 문어를 잡아요. 그들이 등에 멘 망에서 문어 다리가 하나씩 꼬리처럼 삐져나와 있는 모습은 말 그대로 삶의 현장이었죠. 그러고 나서 서울을 들여다보니, 젊은 사람들의 치열함이 숭고한 활기로 보였어요. 열심히 움직이는 모습이 아름답게 보였어요. 모두 각자의 때에 맞는 치열함이 있는 거니까요. 질문에 답을 하자면, 삶의 균형은 끊임없이 찾아가야 하는 것 같아요. 답이 없죠. 어딘가로 떠난다고 삶의 균형이 맞춰지는 건 아니더라고요. 지금의 삶 속에서 잘 놀고, 잘 먹고, 때론 치열하게 일하려고 해요. 가끔 도망치기는 하지만요."

내가 빵을 만드는 이유

범죄심리학자 이수정 교수의 말에 따르면, 소년원에서 제빵을 배운 아이들은 재범률이 현저히 낮다고 한다. 그에 대한 이유는 노력한 결과가 빠르게 보이고, 결식에 대한 공포가 해소되며, 1g의 레시피와 1분의 시간을 맞췄을 때 옳은 결과가 나오기 때문이라고 한다. 무엇보다 한 번 구운 빵은 혼자서 먹을 수 없고 다른 사람들과 나눠 먹어야 하는 양이다 보니 자연스럽게 '환영의 기쁨'을 경험한다는 것이다.

내가 이따금 빵을 만드는 이유는 이런 거다. 베이킹은 '손맛' 혹은 '눈대중'을 허용하지 않는다(은근히 꼼꼼하지 못한 나는 이미 많은 실패를 해 봤다). 정확한 계량으로 만들어진 반죽을 오븐에 넣고 돌리면, 콧구멍부터 기분 좋아지는 빵 내음이 이내 집안을 차지한다. 가장 신나는 순간은 아무래도 직접 만든 빵을 선물할 사람들에게 있다. 나를 위해 빵을 손수 구웠다는 것에 감동하는 표정, 그리고 한 입 먹어본 뒤에 나오는 그들의 찐 리액션이 나를 행복하게 한다.

'그래, 이 맛에 베이킹하지!'

때때로 상대에게 건네는 이러한 소소한 기쁨은, 받는 사람보다 주는 사람에게 더 크게 와닿기도 한다. 대가가 없는 순수한 마음이기 때문이다. 그렇기에 시간을 내어서라도 내가 빵을 만들고 싶은 이유일 것이다.

비범함은 결핍에서 피어난다

개그우먼 김신영의 찐 사투리 연기를 볼 때면, 웃음을 넘어 경탄을 보내게 된다. 이건 뭐랄까. 단순히 흉내 내는 정도가 아니다. 그녀의 연기에는 인간의 서사가 담겨있다. 이를 알아본 영화 〈헤어질 결심〉의 박찬욱 감독은 "김신영의 연기는 미쳤다"라고 말하며 그녀를 캐스팅하기도 했다.

얼마 전, 유퀴즈에 출연한 그녀를 보고 이유를 알게 되었다. 김신영은 어린 시절 가난했던 집안 사정으로 이사를 60번이나 다녔다고 했다. 비닐하

우스에서 생활한 적도 있을뿐더러, 여러 할머니의 손에 크다 보니 여기저기 다양한 지역의 사투리와 행동을 온몸으로 기억하게 되었다고 했다. 어른들이 원망스럽기만 했던 어린 시절을 지나 어른이 된 그녀는 이렇게 말했다.

"고단했던 어린 시절은 나의 코미디의 자양분이었다. 그런 환경 '덕분에' 여기까지 올 수 있었다."

지금 이 순간에도 한 인물을 자라게 하는 모든 환경은 어쩌면 완벽히 의도한 것이 아닐 가능성이 높다. 인생이란 모름지기 예상치 못한 일들의 총합이 아닌가. 그러니, 나를 둘러싼 모든 것들을 눅진한 자양분으로 소화해버리자.

때로는 원망을 감사로 퉁치는 깡도 필요한 법이다. 비범함은 결핍에서 피어난다고도 하지 않던가. 사람은 부족하고 결핍될수록 더 간절하게 채워지길

원하는 법이다. 그 간절함이 우리를 움직이게 하고, 변화하게 하고, 성장하게 하는 건지도 모르겠다. 지금 내가 간절히 원하는 건 무엇인지 다시금 생각하게 된 순간이었다.

행복을 보물찾기하듯 모으는 방법

이따금 원대한 행복에 대한 열망에 사로잡혀 소소한 행복을 놓치곤 한다. 보통 우리는 미래의 목표에 행복 배팅을 올인한다. 그제야 돌아보면, 중요한 것을 놓쳤다는 기분이 들곤 한다. 행복은 어릴 적 보물찾기를 하는 마음으로, 하나씩 부지런히 모아야 한다. 놀이터에서 했던 보물찾기를 생각해 보자. 보물이 있을까? 없네! 그럼 여기엔 있을까? 찾았다! 보물이 있다는 것을 확신하고 눈을 동그랗게 뜨고 바삐 돌아다니는 것이 아니다. 설렘을 찾으려 돌아다니는 것이다. 행복도 같다.

삶의 작은 순간들을 그 시절 아이의 마음으로 보아야 한다.

내가 추천하는 방법은 자신만의 아지트를 탐색하는 것이다. 혹시나 우울함에 지쳐있을 미래의 나를 데려올 장소를 미리 찾아보는 것이다. 아늑한 카페도 좋고, 작은 책방, 식물 가게, 공원의 적당한 그늘이 지는 벤치. 어디든 괜찮다. 다만 다수에게 알리지 않은 나만의 장소여야만 한다. 텅 빈 공허함이나 꽉 찬 답답함을 느낄 때면 휴대폰 속으로 파묻히는 사람들이 있다. 하지만 작은 휴대폰으로는 공간의 냄새를 느껴볼 수 없다. 직접 가봐야 한다. 아이를 다루듯 여기저기 나를 데려가며 물어봐야 한다. 그 공간이 언젠가 지친 당신을 안아줄 것이다.

또 다른 방법으로는 평소 먹어보지 못한 음식을 나에게 먹여주는 것이다. 비싸다는 이유로, 귀찮다는 이유로, 멀다는 이유로 갖은 핑계를 대며 미뤘지만 먹고 싶었던 음식을 내게 선물하자. 음식이 우리의 입으로 들어가기 전, 많은 과정이 이뤄진다. 발로 걷고, 손으로 만지며, 눈으로 보고, 코로 냄새를 맡고, 수많은 선택을 거쳐 비로소 위를 든든히 채운다. 직접 요리를 하든, 음식점을 가든 말이다.

내가 지쳤을 때 일어날 수 있는 힘이 되어 주었던 건 고등어구이를 먹기 위해 고속버스를 탄 일이었다. 작고 사소한 일이라도 오로지 나를 위한 일이 나를 일으켜주는 힘이 되어 줄 수 있다. 그렇게, 소소하지만 나를 위한 다정한 마음을 쌓는 게, 살아가는 것 아닐까.

귀인을 알아보는 시그널

"혹시 운명을 믿으세요?"

누군가 내게 이렇게 묻는다면, 운명보다 인연을 믿는다고 말할 것이다. 타고난 운명은 바꿀 수 있지만, 인연은 예정되어 있는 게 아닌가 싶다. 생각지 못한 때와 장소에서 나의 인연을 만나게 되는 경우가 많기 때문이다. 통할 사람은 여러 번 돌아서라도 만나게 되어 있다. '언젠간 꼭 다시 만나고 싶다'라는 생각이 들었던 사람은 신기하리만치 다시 만나곤 했다. 이런 걸 촉이라고도 한다. 사람과 사람간에 느껴지는 시그널이라고나 할까? 이 사람은 왠지 내 사람이 될 것만 같은 미묘한 느낌은 분명히 존재한다.

사람에 대해 확신이 드는 경우는 당연히 흔치 않다. 기분 좋은 느낌이 들지언정, 완벽하게 내 사람이 아니라면 어느 정도 거리를 두고 경계하게 되는 게 어쩔 수 없는 심리이다. 아이러니하게도 정이 많은 사람들이 경계심도 많다. 한번에 마음을 모두 열어 보여줬다가 상처받은 일들을 어렸을 적부터 숱하게 겪었기 때문이다. 하지만 이런 사람들도 설탕 가루가 물에 녹듯 마음을 주는 경우가 있다. 바로 '귀인'을 만났을 때이다.

나에게 귀하게 여겨지는 사람을 귀인이라 하는데, 그렇다면 당신의 귀인은 누구인지 떠올려보자. 어려운 상황에 정신적, 물질적 도움을 준 사람일 수도 있고, 늘 힘이 되어 주는 사람일 수도 있다. 혹은 인생의 방향성을 결정하도록 영감을 준 사람일 수도 있겠다. 반대로 인생을 최악의 상황으로 몰아넣은 사람도 귀인이 될 수 있다. 바닥을 쳤을 때 나의 벌거벗은 민낯을 마주하고 제대로 올라가는 사람들도 많기 때문이다.

이런 귀인을 알아보는 시그널이 한 가지 있다. 바로 '나를 알아주는 사람'이라는 것이다. 나의 있는 그대로의 가치를 알아봐 주는 사람이 곧 귀인이다. 돈과 명예, 지위가 없어도 '나'라는 원석에서 나오는 몽롱한 빛을 알아봐 주는 사람이 있다. 오히려 가진 게 많을 때는 가만히 있어도 많은 사람들이 알아봐 주기 마련이다. 하지만 보기에는 초라한 돌멩이에게 "넌 보석이야"라고 이유 있는 단언을 하는 사람이 있다면, 진짜 귀인이 맞다. "얼굴에 복이 많으세요"를 외치는 사기꾼들은 빼고.

반대로, 내가 누군가의 귀인이 될 수도 있음을 늘

마음에 새기려 한다. 또한 물질이나 명예와 같은 것들로 사람을 판단하는 것을 경계하며, 원석을 알아보는 눈을 키우려 노력한다. 본래 지니고 있는 그의 빛깔을 알아보는 것이 중요하다.

하지만 무엇보다 가장 중요한 것이 있다. '내가 나를 알아보는 것'이다. 내가 먼저 나의 가치를 알아주지 않는다면, 귀인조차 당신을 알아보기 힘들다. 누구보다 자신을 강하게 믿자. 보석은 깎이고 다듬어 빛이 난다. 그렇게 시간을 살아가다 보면, 분명 당신에게 손을 내미는 귀인이 나타날 것이다.

궤도 바깥으로 벗어나는 용기

혼자 좋아하는 가수의 콘서트에 간 적이 있다. 나는 아직도 그 콘서트의 마지막 장면이 아른거린다.

나는 특정한 노래를 좋아한다기보다는, 그 가수만의 표현력을 좋아한다. 좀 더 정확하게 이야기하면 아티스트의 결을 따른다. 따라서 한 가수의 팬이 되면 누가 알까 싶은 수록곡들까지 모두 듣는다. 취향에 딱 맞으면서도 보물 같은 노래들을 만날 수 있기 때문이다.

당시 나는 이 가수의 목소리에 빠져있었고, 직접 귀로 들어보는 게 소원이었다. 연말 콘서트에서 그 소원을 이뤘다. 과연 스피커와 실제 음성이 주는 감동은 다를 수밖에. 무엇보다 콘서트의 가장 큰 매력은 미디어가 개입하지 않는다는 것이었다. 엄청난 셀럽인 가수라면 그럴 가능성도 있겠지만, 그는 늘 잔잔한 인기를 유지하는 가수였기에 이 콘서트는 누군가의 의도에 의해 가공되지 않은, 그저 한 사람의 무대였다. 콘서트에 가기 전까지 그의 노래는 잘 알고 있었지만, 사람에 대해서는 잘 몰랐다. 콘서트에 가 보니, 예상과는 달리 장난기가 많은 듯한 모습이었다. 친숙한 목소리와 낯선 캐릭터의 조합이 신선하게 느껴졌다.

콘서트의 마지막 순서였다. 그를 유명해지게 만들어준 바로 그 노래가 흘러나왔다. 미묘한 공기가 느껴졌다. 관객들이 던져주는 인형을 하나씩 받으며 노래를 이어갔다. 그의 목소리가 떨리기 시작했다. 먼 관객석을 보는 눈동자에는 많은 이야기가 있었다. 분명 그는 슬퍼 보였다. 그러곤 결국 눈물로 노래를 적셨다. 이어 입을 열기 전이었지만, 어떤 마음인지 가늠할 수 있을 듯하면서도 무게를 알 수는 없었다.

콘서트 마지막 날, 그는 두려움을 고백했다. 이미 자신의 최대치를 보여준 것 같다고. 이 이상의 무언가를 낼 수는 없겠다는 한계를 느껴버려서, 공허함으로 가득 찬 하루를 보내고 있다고. 이 노래가 많은 사람들을 만나게 해주었지만, 반대로 넘어설 수 없는 큰 벽이 되어버렸다고 말했다. 매번 공연이 끝나면 텅 빈 집에서 쏟아내듯 울었노라고. "아마 오늘도 그러겠죠"라며 농담인 듯한 웃음을 터트리는 것이었다.

자신을 사랑하는 팬들에게 적나라한 진심을 털어놓는 그의 마음은 어땠을까. 위로받고 싶었을 것이다. 그 자리에는 적어도 자신을 미워하거나 책망하는 사람은 없을 테니 말이다. 창조해야 하는 아티스트로서 자신에게 과분함 혹은 너무 이른 정상이 주어졌다는 것은 그에게 생명을 앗아간 듯 느껴졌을 것이다. 이 이상은 없을 거라는 말에 얼마나 수많은 한계를 경험했을지 가늠해 보았다.

큰 성과는 대개 얼떨결에 얻어지는 경우가 많다. 늘 노력하는 사람들에게 선물처럼 주어지기 때문이다. 하지만 성과에 기뻐하는 순간은 잠시다. 기쁨이 시간에 희석된 후 돌아보면, 사람은 무언가를 만들어가는 과정에서 즐거움을 얻는 경우가 훨씬 많다. 자신의 일에 열정과 애정을 갖고 있는 순간은, 현재 하고 있는 일이 꿈꾸는 비전과 맞닿아 있는 순간이라고 한다.

어쩌면 그는, 즐겁게 달려가던 중에 문득 알아차렸을 것이다. 강렬한 목적지에 이미 도착해버린 후였다는 것을. 그 이상의 목표가 사라졌을 때, 중심이 흔들릴 수밖에 없다. 슬럼프에 빠졌을 때는 자신의 목적지를 잃어버린 건 아닌지 찬찬히 들여다보아야 한다.

많은 사람들이 착각하는 것 중 하나는, 자신의 한계를 안다고 생각하는 것이다. 그를 비롯해서 모든 사람은 하나의 우주다. 자신이 만들어낸 궤도 바깥으로 벗어나는 용기가 우주의 크기를 평가한다. 중심이 흔들리는 순간을 다르게 대하면 우주를 확장하는 거대한 빅뱅이 될 수도 있다.

우주를 다 안다고 자만하지 말자. 그저 자신이 만들어가는 세상을 자유로이 유영하면 그만이다. 다음에 만나게 될 그가 이전보다 행복한 모습이길 바라며.

청춘을 음미하는 법

문득 이 청춘이 너무도 아름다운 나머지 훗날 이 순간을 기억하지 못하면 어떡하나 하는 생각이 들었다. 아름다운 것들은 쉬이 사라지니 말이다. 그래서 부지런히 청춘을 기록하자고 다짐했다. 마치 만개하는 꽃들을 보며 충만함과 아쉬움이 동시에 드는 듯한 기분이다.

바쁘고 정신없이, 하루를 쥐어짜듯 살아가는 것이 과연 진정한 청춘일까. 나는 청춘을 음미하는 건, 그 자리에 있음을 온전하게 느끼는 것이라고 생각한다. 바쁜 심장으로 살아가다 보면 가장 중요한 것을 놓칠 때가 많다. 맞다. 내가 그랬다. 주어진 일이 그토록 많았느냐 하면 그렇지도 않았다. 그저 청춘이라는 것에 목매어 심장이 미친 듯이 날뛰기 시작한 것이었다. 걷잡을 수 없게 되는 순간 의사 선생님을 찾아갔다. 이후 '시간을 음미하는 것'에 대해 깨달아가는 중이다.

음미의 다른 말은 '감상'이다. 우리는 삶을 감상하는 태도로 살아야 한다. 클로드 모네의 작품 같은 풍경에 있다고 한들, 출구를 향해 정신없이 뛰어간다면 동네의 찻길과 다를 바가 없을 것이다. 감상하기 위해서는 걷다가 잠시 멈추어서 주변을 돌아보기도 해야 한다.

하루를 제대로 음미하기 위해서는 일찍 일어날수록 좋다. 오전 5~6시 즈음엔 서울도 고요하다. 일어난 후 1시간은 아무 계획을 세우지 않는다. 따뜻한 차를 우리고, 보고 싶은 글과 창밖을 가만히 본다. 가끔은 손이 가는 대로 그림을 그리고, 발이 닿는 대로 사람이 드문 공원에 다녀오기도 한다. 그리고 오늘 하루에 일어날 일들을 미리 감상하듯 계획한다. 의도적으로 느긋해지는 시간이 하루를 밀도 있게 만든다. 중요한 것을 놓치는 기분, 누군가와 비교하며 쫓기는 기분이 든다면 일단 멈추어서 땅에 두 발을 딛자.

청춘의 치열함은 누군가에게 아름답다. 하지만 그 청춘을 가까이서 들여다보면, 퍽 아름답지 않은 하루를 보내고 있을지도 모르는 일이다. 치열함의 다른 말은 희생이기도 하니 말이다.

그 청춘들에게, 그중의 나에게 말하고 싶다. 청춘을 음미하자고. 올해의 4월에도 벚꽃은 만개할 것이다. 그리고 생각할 것이다. '올해의 벚꽃이 참 예쁘네'하고. 하지만 내년의 벚꽃은 더 아름다울 테고, 5년 후의 벚꽃도 여전히 아름다울 것이다. 사람 또한 매번 만개한다. 아흔 번의 청춘은 존재할 수 있다.

내가 그려 나가는 세계

우리는 모두 도화지 위에 태어났다. 삶이란 각자의 그림을 한땀 한땀 정성스레 그려가는 것이다. 사람이 떠나고 나면, 그림은 그를 설명한다. 화가 김환기. 그의 경이로운 작품 앞에서 한참을 우두커니 두 발로 서 있을 뿐이었다. 넓은 미술관의 빈 공간에서 그 작품들을 두 눈에 품고자 했지만, 오히려 뒤덮여 버리고 말았다. 그림이 말하는 삶의 빛깔을 어느 정도는 유추해볼 수 있었다.

환기 미술관의 꼭대기 층에는 그의 대표작들이 모

여있다. 그중 한 작품을 보았다. 우리가 바라보는 앞면이 아닌, 캔버스의 뒷모습이었다. 그곳에는 그의 고민과 문지름과 고통이 고스란히 남아있었다. 스케치의 시작과 작품의 얼굴은 달랐다.

가만 보면 우리의 일도 그렇다. 시작할 때 예상했던 모습과 끝날 때의 모습이 같지 않은 경우가 더욱 흔하다. 시간의 흐름은 다양한 관계, 다양한 감정을 낳는다. 그 사이, 예상치 못한 흐름이 만들어진다. 하지만 끝까지 놓지 않으면, 이내 상상한 것보다 더 멋진 결과에 다다르게 된다. 그것은 그리던 붓질을 끈질기게 포기하지 않은 자에게 주어지는 고귀한 작품이다. 결국 보여지는 건 최종의 아름다움이겠지만, 캔버스 뒷머리에 창작의 응어리가 남긴 흔적들은 영원히 존재한다.

김환기 작가의 추상화에는 대부분 이름이 없다. 〈19－Ⅶ－71#209〉와 같이 번호 형태로 되어 있다. 1,000작이 넘는 그의 작품들에 일일이 이름을 붙일 수 없어, 작품을 만들기 시작하거나 마친 날짜 그리고 미국에서 몇 번째 작품인지 같은 정보들로 작품에 이름을 붙였다고 한다. 하지만 그는 다른 것에 이름을 붙였다. 바로 물감이다. 그는 투박한 물감 병에 손수 이름을 지었다. 작품의 이름보다 정성을 쏟았던 건 빛깔의 이름이었다.

어쩌면 유효 기간이 너무도 짧은 인간을 대신해 오래도록 남겨진 그림들의 본질은 물감인 것이다. 처음부터 작품에 멋들어진 이름을 붙이는 것보다, 물감에 이름을 붙여보자. 지금 당장하고 있는 행동 하나하나에 '의미'를 더하는 것이다. 앞면과 뒷면이 다른 캔버스라고 해서 가치가 떨어지는 건 아니다. 오히려 수많은 이야기를 담고 있는 유일한 작품이 된다. 그러니 그럴싸한 미래의 이정표가 아닌, 현재 가진 것들의 빛깔에 애정 어린 이름을 지어주자. 그렇게 나만의 물감으로 여러 그림을 찬찬히 그려 나가다 보면 진하게 자리하는 작품이 탄생하게 될 것이다.

지금 우리는 어떤 그림을 그리고 있을까.

Q. 작가님의 첫 책 『때가 되면 너의 정원에 꽃이 필 거야』를 출간하게 된 소감이 궁금합니다.

A. 책 출간을 준비하며 스스로에게 물었습니다. '지금 너의 정원에는 어떤 꽃이 피어있느냐'고요. 굽혔던 허리를 펴고 정원을 가만히 돌아보니, 도무지 필 것 같지 않았던 꽃이 어느새 피어 있기도 하고, 또다시 흙을 갈아야 하는 곳도 있습니다. 그러니 저는 지금도 심은 씨앗마다의 '때'를 기다리며 정원의 땅을 비옥하게 가꾸고 있는 중입니다.

밭을 가꾸는 일은 사랑이 없으면 지속하기 힘듭니다. 자신을 사랑하는 사람은 사랑하는 대상을 구체적으로 만든다고 합니다. 내가 무엇을 사랑할 것인지,

사랑하고 있는지 알고 있나요? 누가 그러더군요. 사랑은 집중하는 것을 반복하는 것이라고요. 한밤의 폭죽놀이처럼 화려하고 순간적인 것이 아니라는 겁니다. 지루하지만 나도 모르게 움직이는 것들을 반복하다보면 그 안에서 깊이 있는 행복을 만날 수 있답니다. 그러니 우리, 오늘의 정원도 각자의 속도에 맞게 가꾸어가길 바랍니다.

혹여 정성스레 흙을 다지고 씨앗을 많이 심었는 데에도 싹이 피지 않는다고 실망할 필요는 없습니다. 다음 씨앗이 더 튼튼하게 자랄 수 있는 천연 거름이 되니까요. 버려지는 것은 없습니다. 처음이다 보니 그 작물을 성장하게 하는 요령이 없었을 뿐이죠. 과거에 붙잡혀 애써 만든 비옥한 땅을 척박하게 방치하지 마세요. 또 너무 먼 미래의 울창한 정원만을 상상하느라, 오늘만큼의 즐거움을 놓치지 말았으면 좋겠습니다.

Q. 이 책을 통해 전하고 싶은 중요한 메시지는 무엇인가요?

A. 이 책을 읽고 있는 독자분들께 "우리 모두 각자의 때를 품고 있다. 하지만, 꽃이 피지 않는 순간도 마땅히

아름답다"는 이야기를 하고 싶어요. 내가 빛이 날 순간만을 좇아서 오늘 하루를 견디듯 보내면 지나온 과거가 너무 힘든 기억만 남아있잖아요. 과거도, 미래도 떠올릴 때마다 풍족한 마음이 들기 위해서는 현재에 가장 애정을 두어야 합니다. 20살부터 6년이 넘는 시간 동안 아나운서를 치열하게 준비했어요. 새벽부터 밤까지 그 누구보다 성실하게 준비했다고 자신할 수 있습니다. 실력도 나쁘지 않으니, 주변의 기대도 상당했습니다. 하지만 100번은 우습게 탈락하고 기회는 주어지지 않더라고요. 뒤돌아서 많이 울기도 했습니다. 그 순간에도 '내가 아니면 누가 하지?'라는 생각을 하고 있었어요. 꿈이 있어서 죽을 듯이 힘들지는 않았습니다. 오히려 오기가 생겼습니다. 준비한지 6년째 되던 해, 서서히 합격률이 올라가기 시작했습니다. 그 타이밍에 저는 아나운서가 아닌 메신저가 되고 싶다는 생각을 하게 되었습니다. 온전히 나로서 말하고 싶었어요. 방송국 타이틀이 아닌 '유어셀린'을 선택했죠. 그런데, 그 오랜 노력의 시간들이 2개월 만에 인스타그램에서 10만 인플루언서로 피어났습니다. 이후 아나운서에 합격하고서 몇 년 뒤 일어날 것 같았던 일들이 몇 개월 만에 모두 눈앞에 펼쳐졌습니다. 참 삶이 재미있지 않나요? 내가 심은 나무가 올리브 나무인줄만 알았는데, 알고 보니 더 크고 화려한 목련 나무였던 거죠.

Q. 책 속 모든 문장이 특별하시겠지만, 그래도 개인적으로 의미있는 문장이 있을까요?

A. "그래서 나는 오늘도 흘러가는 대로 살지 않는다"는 문장을 고르고 싶어요.

21살 짧게 만났던 동아리 선배와의 대화가 어쩌면 지금의 가치관을 만들었는지 모르겠습니다. 우리의 삶은 어느 정도 '흐름'이라는 것이 정해져 있습니다. 이를테면 어느 나이가 되면 대학에 가고, 취직을 하고, 결혼과 출산을 하는 것. 남들이 하는 것에 의구심을 품지 않고 흘러갔을 때 선택지가 줄어드는 편안함을 갖게 됩니다. 많은 사람들이 다지고 만들어 놓은 도로가 있기 때문입니다. 반면, 흐름을 거부하고 나 자신의 길을 찾겠다 선언한 사람에게는 누구라도 지나간 흔적이 있는 비포장도로가 기다리면 다행입니다. 때로는 길이 보이지 않는 외로운 정글이 있기도 하니까요. 그만큼 흐름에서 벗어난다는 것은 위험하고 도전적인 일입니다. 그럼에도 흘러가는 대로는 살지 않겠다 다짐한 이유는 하나입니다. 내가 저 길로 가고 싶기 때문에. 그 길 끝에 무엇이 있는지는 알 수 없습니다. 하지만 분명한 건, 혹여 생각대로 가지 않게 되더라도 상상보다 더 멋진 풍경이 기다리고 있을 거라는 사실입니다.

Q. 특히, 어떤 분들에게 이 책을 추천하고 싶으신가요?

A. '지금 내가 하고 있는 일이 미래에 도움이 되지 않으면 어쩌나', '과연 잘 하고 있는 걸까'라는 생각으로 불안을 느끼고 있는 분들에게 이 책을 추천합니다. 책의 모든 내용이 두려움에 관련된 것은 아닙니다. 하지만 책에 담긴 마음을 본다면 분명 위로가 될 거라 생각합니다. 이 책에 담긴 글들을 썼을 당시, 꾸준히 글을 쓰는 이유는 단지 하나였습니다. '나를 안아주고 싶어서'. 누구도 알아주지 않고 보상받는 일도 아니지만 내 이야기를 나마저 들어주지 않으면 안 될 것 같았습니다. 그렇게 하나둘 쌓인 이야기들이

여러분의 손까지 전해졌다는 게 놀랍습니다. 여러분이 지금 하고 있는 일은 결코 사라지지 않습니다. 농부는 '이 씨앗이 나지 않으면 어쩌지'라고 두려워하지 않습니다. 이 중 어느 것은 분명 싹을 틔울 거라는 확신을 가지고 덤덤히 농사를 짓습니다. 우리가 지금 하는 일은 땅 속에 보이지 않는 씨앗들처럼 씨앗을 고이 심는 과정입니다. 행동에 점수를 매기지 않았으면 좋겠습니다. 그 자리에서 최선을 다하고 있잖아요. '잘 하는 것'에 대한 정의는 시간이 지난 후에 고스란히 떠오르게 됩니다. 지금 당장 스스로를 질책하며 의심하기보다 '그래. 너 잘하고 있어. 임마!'라고 토닥여주세요.

Q. 이 책을 함께할 독자분들에게 전하고 싶은 말은 무엇인가요?

A. 우리가 기억해야 할 사실이 있습니다. 정원에 피어난 꽃은 언젠가 집니다. 꽃이 피면 마냥 행복할 것 같지만 이제는 질 시기만 남았다는 생각으로 불안과 우울을 얻기도 합니다. 그토록 기다렸던 순간인데 말입니다. 그런데요. 열매는 비로소 꽃이 져야만 맺어집니다.

열매는 새로운 씨앗들을 만들어냅니다. 나무 하나에서 씨앗이 한 개만 나오는 걸 본 적이 있나요? 이제는 수많은 씨앗을 주변에 나눠줄 여유도 생깁니다. 사람들은 여러분의 씨앗을 원합니다. 그러니, 꽃이 지는 순간은 또 다른 시작입니다.

또 한 가지, 아무리 화려해 보이는 꽃밭과 과수원도 텅 빈 시절이 있다는 걸 함께 기억했으면 좋겠습니다. 모든 삶은 멀리서 볼 땐 아름답고, 가까이서 보면 무겁습니다. 가득 피어나야 비로소 멀리서도 보이는 것처럼 그 이전의 과정들은 쉬이 눈에 띄지 않습니다. 책을 읽는 독자분들께 혹시나 꽃밭에서 자란 작가처럼 보이진 않을지 괜한 걱정이 됩니다. 물론 굳이 애쓰는 모습을 모두 보여줄 필요는 없다고 생각합니다. 저 또한 매 순간 의심하고 좌절하고 때론 무너지기도 합니다. 나와 비슷한 정원이 없는 듯 느껴질 땐 외롭기도 합니다. 하지만 다시 툭툭 털고 일어납니다. 씨앗이 피어나길 기다리는 동안 정원을 보수하고, 정돈하고, 넓힙니다. 저 멀리 화려한 정원을 보고 부러워하지 마세요. 텅 빈 정원에서도 저렇게 피어날 수 있다는 사실이 얼마나 큰 위로가 되는지 모릅니다.

Q. 작가님의 앞으로의 계획이 궁금합니다.

A. 책을 마무리하는 이 시점에서 떠오르는 두 가지 계획이 있습니다. 첫 번째는, 지치지 않고 오래도록 글을 쓰기 위해 마음 근육을 잘 다지고 싶습니다. 작가는 책을 한 권 낸 사람이 아닌 여전히 글을 쓰는 사람이라고 생각합니다. 저는 언제쯤 만족스러운 글을 쓸 수 있을까요. 한 곳에 앉아서 생각을 들여다보는 일을 꾸준히 반복하는 것이 수련을 하는 행위와 비슷한 듯합니다. 그럼에도 쓰는 사람이 되는 것이 강렬한 계획입니다.

두 번째는 저에게 마음을 보내주는 분들께 보답할 수 있는 그릇을 키우는 것입니다. 콘텐츠를 만들고 저를 세상에 알릴수록 마음이 통하는 팔로워분들 또한 늘어나고 있습니다. 이 결과값은, 오로지 제가 잘해서 만들어지는 것이 아니라는 것을 너무도 잘 알고 있습니다. 때로는 그만한 가치를 내가 해내고 있는지 강한 의심을 하며 스스로를 꼬집게 됩니다. 완벽히 채울 수는 없겠지만, 제가 만드는 가치가 더 진하고 다양한 방식으로 나타나면 좋겠습니다. 새로운 사업이 될 수도 있고, 직접 만나는 강연장이 될 수도 있습니다. 어쩌면 다음 책이 될 수도 있겠지요. 무엇보다 빠르지 않더라도 내면의 본질을 잃어버리지 않는 묵직한 힘을 만들고자 합니다. 그렇게 오랜 시간이 지나서, 다정한 사람들과 함께 '정원 하나는 잘 가꿨네'라는 뿌듯한 마음으로 바라보고 싶습니다.

때가 되면 너의 정원에 꽃이 필 거야

초판 1쇄 발행 2023년 09월 06일

지은이 윤수빈(유어셀린)
펴낸이 김상현

기획편집 전수현 김승민 **디자인** 이현진
마케팅 김지우 송유경 김은주 조원희 김예은 남소현
경영지원 손성호 정주연 오한별

펴낸곳 (주)필름
등록번호 제2019-000002호 **등록일자** 2019년 01월 08일
주소 서울시 마포구 동교로25길 23, 정암빌딩 2층
전화 070-8810-6304 **팩스** 070-7614-8226
이메일 book@feelmgroup.com

필름출판사 '우리의 이야기는 영화다'

우리는 작가의 문체와 색을 온전하게 담아낼 수 있는 방법을 고민하며 책을 펴내고 있습니다.
스쳐가는 일상을 기록하는 당신의 시선 그리고 시선 속 삶의 풍경을 책에 상영하고 싶습니다.

홈페이지 feelmgroup.com **인스타그램** instagram.com/feelmbook

ISBN 979-11-93262-02-3 (03810)